我不说再见，你别说 永远

万诗语　主编

中国出版集团
现代出版社

时光荏苒，记忆芳菲褪尽，我竟也忘了当初喜欢你究竟是怎样的一种心情了，只知道那时候喜欢你是真的，此生非你不嫁的勇气也是真的，想要与你白头到老的决心也是真的。

所谓的永远，终逃不过时间。当我们在不一样的天空下彼此孤独的想念，心底的疲累总有一天会击溃整个爱情的围墙。

许多事从一开始就已料到了结局，往后所有的折腾，都不过是为了拖延散场的时间。

若是有一天，我们可以如此幸福，我愿意在日历上记下每一个值得纪念的日子，我们一起追忆那些青春往事，将甜蜜和美好永远记在心里。

终有一天，会有一个人，我会喜欢他很久很久，久到我想不起来是怎么喜欢上他的，久到我忘了回忆。

年轻时，我们总是开始时毫无所谓，在结束时痛彻心扉。而长大后成熟的我们可能避免了幼稚的伤害，却也错过了开始的勇气。

我相信你在动情时所说的话都是真的，许下的承诺也是真的，一腔热血也是真的。至于谁辜负了谁，都是后来的事情，谁又能提前预知呢。不能因为结局不完美，就否定了所有开始。毕竟人生中有太多美好的事情是没有后来的。

目
CONTENTS
录

卷一 | 喜欢你，是一场漫长的失恋

感谢你赠我一场空欢喜，我们有过美好的回忆，让泪水染得模糊不清了。偶尔想起，记忆犹新，就像当初我爱你，没有什么目的，只是爱你。

卷 二 初恋，是一个人的兵荒马乱

原来每一段恋爱，只要在心里面，已经是天长地久。

卷 三 如果你曾奋不顾身地爱过一个人

有一些人，他们赤脚在你生命中走过，眉眼带笑，不短暂，也不漫长。却足以让你体会幸福，领略痛楚，回忆一生。

卷 四 年少不再时，才敢怀念你

我不确定自己能用多少时间把你忘了，也不敢保证我就能真的把你忘了，我只能像现在这样，不吵不闹，不悲不喜，安安静静地与你再无交集。

卷 五 我很好，希望你也是

谢谢你给了我最温暖的爱，虽然最后的最后，我们还是没有再相逢。我想快乐，为你，为我，为我们。我知道，即使没有当初的爱，你还是愿我一切安好。

爱情的最开始，我们总是愉快的笑着，仿佛这辈子再也不会哭了一样，仿佛这辈子除了眼前的人，彼此再也不会牵起另一个人的手一样。

前 FOREWORD 言

年轻时，你一定这样用力地爱过一个人，你对他言听计从，千依百顺，你的卑微在尘埃里开出了花，又枯萎。

你一定这样执着地爱过一个人，你爱他到昏天黑地，不管不顾，你爱他到哪怕他朝秦暮楚也依然不肯放手。

你一定这样无望地爱过一个人，你在尘世跋涉，经过万水千山，只为了给他惊喜，结果……是的，你受过伤。

你一定这样用力地试图忘记一个人，你驱逐他的身影，入睡之前，安眠以后。

你一定这样执着地试图忘记一个人，你抗拒与他有关的一切，混沌之前，清醒以后。

你一定这样无望地试图忘记一个人，可是以后你追逐的每段感情却都有百分之几十的他，寻寻觅觅，他还是占据着你的梦的二分之一。

哪怕你的感情再浓墨重彩，你有的也不过就是这样淡淡的青春吧，跟书一样，你只是简单地爱过一个人，得到或者没有得到；简单地被一个人爱过，知道或者并不知道；简单地与一个人爱过，失去或者正在失去；你们也说过跟天下所有情侣一样不离不弃的话，但最终也像这些情侣一样，散落在天涯两两相忘了吧。

青春不过就是如此了，总有这样那样的遗憾与不完满，总有这样那样的怅惘与不甘心。粗粮软米，哽咽私密，不足为外人道，最终埋没在时间的缝隙中，无处追寻。

最终只能隔着时间长河遥望，昔人如月，久久怀念，却始终不得解。

可是在以后的人生里，终究也还是会爱吧，只是却再也不会那么爱一个人了。可还是不后悔遇到你，那样一个让我百转千回的你，那样一个让我认定“君不至我不老”的你，那样一个让我哭了一夜又一夜的你，那样一个让我甘心为你千千万万遍付出的你。

村上春树说：刚刚好，看到你幸福的样子，于是幸福着你的幸福。

也许有一天我们都可以很幸福……

卷　一

喜欢你，
是一场漫长的失恋

感谢你赠我一场空欢喜，我们有过美好的回忆，让泪水染得模糊不清了。偶尔想起，记忆犹新，就像当初我爱你，没有什么目的，只是爱你。

哭落一地花香

一个女孩子最初的一份爱慕只是一颗善良的种子，
可以关于爱情，也可以不关于爱情。

这个世界上，没有一份感情不是千疮百孔的，区别仅仅在于你如何看待它。

有些人注定只会放在你的心底，而消失在你的生活里。你从心底知道自己是爱他的，尽管已经记不起他的样子。因为这爱如此深重，以至于你一度以为自己会忘不掉。直到有一天你发现，那些堆积在心里的思念，竟然不知不觉变得无影无踪。至少他曾经让我觉得，遇见他，是一件值得被祝福的事。

有人说，一个女孩子，二十岁不秀则永不再秀。我想，没哪个女孩子会愿意有这样的遗憾。

最难过的，莫过于当你遇上一个特别的人，却明白你们永远不可能在一起，或迟或早，你不得不放弃。

高二下学期，我喜欢他的心事被添油加醋后像风一样吹入了人群。原本只是一份默然美丽的爱慕，经过那些捕风捉影的人的一张嘴巴传到一个耳朵，再从另一张嘴巴传到另一个耳朵，完全变了味儿。

有一阵子，那群女生最喜欢做的事就是把脑袋凑在一起，发表对这件“天大新闻”的高见。“天啊，这不是癞蛤蟆想吃天鹅肉吗？”“叫她别想了，下辈子也轮不到她！”

我又气又急，却又无可奈何，自己的心事被当作流言传来传去，没有什么比这更痛苦的了。走自己的路，让别人去说吧。这句至理名言就像逐渐失效的麻醉剂，对我的安慰作用越来越小了。

那时候，我连看他一眼都不敢。我避开了一切，然后在空无一人的教室里，静静地发呆。

压抑终于在一个午后爆发了。

那个下午，我走进教室，后排忽然爆发一阵哄笑。我抬头一看，黑板上醒目地画着一只奇丑无比的大青蛙，旁边站着一个英俊的王子，底下是一行大字：青蛙公主和她的白马王子。

来不及多想，伤痛像一阵暴风雨突袭上来。“啪！”我用力把手上的书重重地朝黑板摔去，转过身，在齐刷刷的蔑笑声中飞也似的逃出教室。

清亮清亮的蔚蓝天空下，几只鸽子拍着翅膀轻轻掠过，成行的相思树郁郁葱葱，树上开满了细细密密的黄色小花，地上也铺满了黄绒绒的一层。我就躲在树下，长久压抑的委屈一倾而下。我哭得天昏地暗。

正当沮丧和绝望一点点地吞噬我时，泪水迷离中，我看见他由远及近。他轻轻地、浅浅地笑着，看看一地黄色小花，又看看满脸泪水的我说："我就想呢，是哪个女孩子在这儿哭，把花都哭落了一地。"我背过身，顿时破涕为笑。

就在开满黄色小花的相思树下，他告诉我，喜欢一个人并没有错哦，但是，你了解他吗？也许他十天不洗脚，也许他睡觉流口水……不了解他，就轻易地喜欢人家，这不是很傻吗？

我笑了，很灿烂。原来，我有着和一地美丽的黄色小花一样灿烂的笑容。这是他说的。

后来，他把我带回了教室。再后来，那一群叽叽喳喳的女生吃惊而羡慕地看到了一切变化：在图书室，他帮我占位置：课间，他塞给我一小盒点心。更经常地，他站在我必经的路口，给我一个轻轻、浅浅的笑。仿佛突然之间，我拥有了世界上最幸福的一切。

害怕离别来得太突然，惊醒了沉溺在美梦中的我，所以请原谅我在这大好的时光里，已在心里做好了与你随时说再见的准备。

如果还可以，令你在须臾的闲暇之间追寻我的身影，我愿做深藏于地底的茧，再沉睡二十年，然后在春日的暖阳中，破茧而出，化蛹为蝶，在蓝天下碧草边，翩翩为你而舞。

这就够了，我想，真的够了。后来，再后来他的身边多了位文静清秀的女孩子。我给了他们一个很灿烂的笑，就像那时满地美丽的黄色小花一样灿烂。我想，这样的笑容送给他们最合适不过了。

再后来，我也有了爱护自己的人。我想，一个女孩子最初的一份爱慕只是一颗善良的种子，可以关于爱情，也可以不关于爱情。幸运的是，我的种子遇上的是他的宽容和关爱的适宜温度和水分，开出了一朵叫作美丽的花朵，即使这花朵，不关于爱情。

很久很久以后，当我想起那个清亮清亮的午后，想起他轻轻地、浅浅地笑着说："我就想呢，是哪个女孩子在这儿哭，把花都哭落了一地。"我的全身还是会涌过一阵暖流。这样的男孩子，我以为，即使到了八十岁，我依然记得他。（小秀）

在错的时间遇到对的人，最后分开，再怎么刻骨铭心最后还是要各自生活，只是偶尔在同一个场景会想起，然后一笑而过，那人我曾经爱过。

青春是一首不老的歌，吟唱了一季悲伤的恋曲，曾一度倔强地认为，如果在那个青苹果般的年代，没有一点朦胧心事的话，便构不成完美的青春，哪怕是一段没有结果的爱恋。

很爱很爱你

我听过一种说法：
每个人都是一段弧，能刚好凑成一个圆圈的两个人是一对。

如果一个人的初恋沉闷且冗长，不知算不算很奇怪。

高三的时候，别人还都忙得昏天黑日，我父母就早早地替我办全了出国手续，只等我领到毕业证去美利坚了。我们班上有个男生人称大 P 的特能说，一般播音时间是早自习“体育快递”，课间插播“时政要闻”，午休时“评书连播”，晚自习 CLASSICAL MUSIC，可每次考试他总有本事晃晃悠悠蹭到前几名。班主任拿他没办法，只好让他在最后一排和我这个“逍遥人”一起“任逍遥”。

刚和我一桌的时候，有天晚自习他大唱《我的太阳》。我在一旁偷着喝可乐，唱到高音时他突然转头问了一句“嗓子怎么样”，我嘴里含着水差点全喷了，气得我重捶了他好几下。他却跟没事人似的，说我打人的姿势不对所以不够狠。我叫他教我，他倒挺认真，还叫我拿他开练。第二天上学见着我他头一句就是：“十三妹，昨儿你打我那几拳都紫啦。”边说还边捋袖子叫我看。后来我想，这段感情大概就是从这儿开始的吧。

以后大 P 一直叫我十三妹。我跟大 P 的交情在相互诋毁和自我吹捧的主题下，愈加巩固。他生活在一个聒噪的世界里，总要发出各种各样的声响来引起别人的注意，好像这样就能证明他自己什么似的。

我习惯了他这样，习惯了看他自己给自己出洋相，习惯了和他一天到晚吵吵闹闹。常常是上课我替他对答案他趴着睡觉；吃饭我吃瘦肉他吃肥肉，因为他需要“营养”；打架他不管输赢我统统拍手称快；自习我背单词他用函数计算我的失忆率为 88.7%；放学走在楼道里我们还要大呼小叫地互相嘲笑一番。我们像哥们儿似的横行高三年级，要多默契有多默契。

我听过一种说法，每个人都是一段弧，能刚好凑成一个圆圈的两个人是一对，那时我特别相信这句话。我越来越感到我和大 P 的本质是一模一样的——简单直接，毫无避讳。我自信比谁都了解他，因为他根本就是我自己嘛。有回我对大 P 说：“我好想在高三待一辈子。”

无论多么风光或是糟糕，快乐或是失意，过了这一刻，都成往事。过不去的不是一个坎，而且是你心中的执迷。

我没理会大 P 大叫我“天山童姥”。我心里有个念头，这念头关乎天长地久。

高三毕了业，大 P 还是我哥们儿。现在回想起来我们之间其实从来没有牵涉过感情问题，因为我当时觉得好多事没有说出来的必要。我认定了如果我喜欢他那么他肯定也喜欢我，这还用说吗？我心里清楚我走了早晚会回来，因为我找到了我那半个圆，我以为这就是缘分，任谁也分不开，哪怕千回百转。

临走时大 P 说：“别得意，搞不好折腾了几年还是我们俩。”这是我听到他说的最后一句话，我永远都忘不了。

那年高考，大 P 进了北大。而我刚到洛杉矶，隔壁的中餐馆就发生了爆炸，我家半面墙都没了。我搬家，办了一年休学，给大 P 发了一封电子邮件只有三个字——“我搬了”，没告诉他我新家的电话。

新家的邻居是一对聋哑夫妇，家里的菜园是整个街区最好的。他们常送来些新鲜蔬菜，我妈烧好了就叫他们过来吃。我从来没见过这么恩爱的一对儿，有时候他们打手语，我看着就会想起那一个圆圈来，想起大 P，心里一阵痛。我买了本书，花了一个秋天自己学了手语。就这样我慢慢进入了这个毫无声息的世界。他们听不见，只能用密切的注视来感应对方，那么平和从容，这是不得安生的大 P 永远不能理解的世界。

我闲来无事，除了陪陪邻居练手语外，就是三天两头地往篮球馆跑，替大P收集NBA球员签名或者邮去本月最新的卡通画报，感动得他在电子邮件上连写了十几个P，还主动坦白正在追女生。我在电脑前呆坐一个下午，反反复复跟自己说一句话："别哭！别哭！这又没什么不好！"可到了吃晚饭的时候，我已经流不出眼泪了。

再往后就是春天了，我还是老样子，只是手语有专业水准了。大P在我这个"爱情导师"的悉心指导下，也已初战告捷。我想，只要他快乐，我就应该快乐，能做他的哥们儿，也不错。纽约交响乐团来演出，我背着父母替别人剪草坪忙了一个月才攒够门票钱。我偷偷把小型录音机带了进去，给大P灌了张Live版CLASSICAL MUSIC。大P回电子邮件却抱怨我只顾听音乐，第一盘录完了都不知道，漏了一大段。我在心里默念着"对不起对不起"，眼泪又流了出来。

6月份我回北京，大P参加的辩论赛刚好决赛。我不想让他知道我回来，悄悄溜进了会场。这一年来大P变得像模像样的了，他总结陈词时所有人都又笑又鼓掌，他发挥得很好。辩论结束，大P他们赢了。下场时我看见一个长得挺清秀的女孩笑着朝大P迎了过去。

回美国后我的信箱里有两封信是大P的。第一封说他在辩论决赛场上看见一个人跟我简直一模一样，他叫了声“十三妹”，那人没理他，可见不是，不过能像成这样，真是奇了。第二封说他现在的女朋友虽好，但总感觉两人之间隔着什么，问我怎么办？为什么我们俩就可以直来直去呢？

我在电脑上打了一封回信，告诉他其实我才是他的那半个圆圈，只是我们再也没有办法凑成一个圆。

这封信我存着没发。

我没有告诉大 P 我家的电话，我总能很容易地得到球星签名。我背着父母赚钱看演出，连磁带录完了都不知道。我不想让大 P 知道我回了北京。

我就这样悄无声息地放弃了我的半个圆圈。

因为，中餐馆爆炸后，我只能靠助听器生活……（瞿克）

年少的暗恋时光

我以为一场暗恋，结束的时候，什么都不会改变；
但不经意间，它还是那么铭心刻骨地，
被青春记住，且改变了我们的年少时光。

爱情总是这样，我们带着遗憾和伤痛一路走过，但是当隔着久远的时光再去回望时，却还能会心一笑。

后来的某一天，你才懂了，自己之所以会想念他，其实并不是因为他的好，而是因为，之后再也没有一个人可以让你觉得好，你怀念的，自始至终，都是爱。

那一年也就十六岁吧，没来由地就喜欢上大学里的一个男生。每天背着书包经过他们教室门前长长的樱花路，总是忍不住在飘飞的花瓣里，侧头看他是否在靠窗的位置上坐着。如果在，我的心，即刻就会像那飞扬的樱花，轻盈、温柔，而且无限喜悦。若是空着，心也会跟着空洞茫然下去，好像有什么人，将我的身体掏空了，连那仅存的一点思念，也不给我留下。

这样地爱着他，但他从来不知道。因为有一天，我们突然地在樱花路上相遇，预演了千万次的一声“你好”脱口而出的时候，他眼睛里写满的，竟全是诧异。我以为他会记得这个每日都要羞涩地看他一眼的女孩，至少，应该像记得那些纷飞的樱花一样，记得这个几乎成了风景的身影吧。

可是，樱花都要谢了，春天也快悄悄隐退，我刻意描画过的唇和眉，我哼唱的美丽的曲子，我一天一换的衣服，我手腕上叮叮当当作响的银镯，我所有的努力，终于还是没有让他将我记住。花瓣落了，还有芬芳，留在他的记忆中，而我，原是连那落花都不如的。

但没有什么花朵，比暗恋更持久更清香的吧？我依然默默地喜欢着他，不管学习如何地忙，我都会在放学的时候，抱着厚厚的书，在小路上徘徊着等他出现。而后看他和一大帮男生踢着球过来了，便突然地手足无措，想要逃，却是没了力气。只傻傻地站在小路的中央，看他走近了，而后又一侧身，擦着我被风吹起的发梢，便说笑着走过去了。

终于还是让他注意到了我。是一个下雨天，我依然抱书等他过来。他没有打伞，踩雨冲过来，一下子便将我怀里的书撞到地上去。他连声地说着对不起，且弯腰帮我捡。看到我课本上“孟雨诗”的名字，便笑，说：你的名字和人一样美呢。我以为自己会像梦中想象的那样，脸红得不敢抬头去看他，却是没想到，竟是哭了。他也慌了，不住地说抱歉，真的不是故意将我的书撞到水里去的，而我，再也无力承受这样突如其来的喜悦，道声再见，就飞快飞快地跑开了。他怎么会知道呢，这个女孩子眼中丰盈的泪水，其实早已积蓄了那么久。

第二天，再经过他的教室旁，竟是有了些许的渴盼。而他，真的就在门口站着！看到我走近了，便晃晃手中淡紫色的雨伞，笑道：小丫头怎么能和我一样粗心呢，也好，天晴了，就可以遮阳呢。我已经忘记了言语，我只知道，那一刻，我是世界上最幸福的那个女孩；而到达极致的幸福，不必开口，它自会芳香四溢的吧。我就这样微微低了头，看着凉拖里激动得不知如何安放的脚趾，接过他手中的伞，而后轻轻踩着他长长的影子，走开去了。

那一天，我逃了课。我在大学的操场上，一圈圈地跑，跑到第八圈的时候，我终于无力支撑，大口地喘着气，卧倒在一旁的草坪上。我的泪水，再一次冲溢而出。十六岁的我，就这样被突如其来的爱的山洪，淹没到几近窒息。

我在很短的时间里，了解了他的全部；而他，却依然对我一无所知。可是，这又有什么呢？我可以如此自由地爱他，可以每天从他的窗前经过，可以听到他和暖的声音。这，对我，已是足够。

依然会在青石板铺成的樱花路上“偶遇”。他开始对我微笑，这是他特有的打招呼的方式，唇角上扬，暖暖的笑便溢出来，将我一颗低到尘埃里去的心，溅湿了。而我，亦鼓足了勇气，轻昂了头，去迎接他的视线。我听见自己，在他的目光里，噼噼啪啪燃烧的声音，那样地疼痛，又那样地甘心。再没有任何言语的交流，我只是他的点头之交，而他，却已是我生命的全部。

两年，就这样转瞬即逝。我高考的分数，足够报考北京的重点大学，但却执意要读这一所大学。妈妈说，你不是一向喜欢北京的吗，什么时候突然地变了？我低头浅笑，想，是啊，什么时候变了呢，该是遇见他的那一刻就开始了吧。

我终于可以名正言顺地去他去过的一切地方，图书馆、自习室、英语角、体育馆。他有没有注意过这样一个女孩子呢？她换了他喜欢的鬈发，她努力地用一切可以美白的化妆品，她听说他喜欢蓝色，她穿所有蓝色系的裙子；她在雪天里摔了一跤又一跤，只为将滑雪的姿势练到最美。

在我还没有搞清楚这个问题的时候，他的身边，就出现了一个小巧的女孩。可是，却是那样迥然不同的女子：直发及腰，皮肤略黑，爱穿白色的棉布衣裙，说话的时候，有他曾说不喜欢的微凉的语气。我所有为之付出的一切改变，就这样成为虚空。

有一天，我在漫天飞舞的樱花里，又遇到他。他擦着我飞起的发梢，快要走过去的时候，我终于回转身，叫他：辰。他惊讶地回头，怔怔地看我，而后说：请问，你是谁？我们曾经认识吗？

我以为自己会像三年前的那个雨天，哭泣，却是没有想到，我在他的诧异里，笑了。阳光那么好，花香那么甜，我的笑，亦是如此地明亮芬芳。我说，呵呵，是认错啦，我们一直都是陌生人的。说完，我便迎着那柔软的樱花，开心得鸟儿一样，跑跳开了。

樱花飞尽，我的这场漫长忧伤的暗恋，也终于结束了。

两年后的同学聚会上，突然有一个男生，走过来对我说，雨诗，你知道吗，你蜜色的皮肤，俏皮的马尾，橙色的衣裙，曾是我们宿舍所有男生心里最温情的记忆呢！

我以为一场暗恋，结束的时候，什么都不会改变；但不经意间，它还是那么铭心刻骨地，被青春记住，且改变了我们的年少时光。(安宁)

青春过道里的独角戏

明明心中有如千军万马，其实什么事情也都没有发生，
青春瑰丽，岁月安好。

记忆中那些昏黄的光线、令人叹息的青春，都是整夜整夜里我莫名的思念，只是流年中的哪个人或哪件事，却再也想不起来了。可越是心里明白的，越是让人心疼的事，越止不住不停地回忆。

四月中旬的样子，图书馆旁边的蔷薇花都开好了，白色的，粉色的，一树一树，香气熏染了半边天，走在路上，香熏欲醉，小蜜蜂嗡嗡地叫，花骨朵半张着嘴，枝枝杈杈上累累都是，风一吹，花枝便在风中乱点头。

夏洛洛抱着书，看了一会儿蔷薇，想起一句诗：因风飞过蔷薇。

正想着，忽然看见隔壁班上的李健从图书馆里出来，下台阶的时

候，直愣愣地看着她，左手挥了一下，似乎要和她打招呼的样子，只是还没来得及，脚下一滑，就摔了个嘴啃泥，手里的书，一下子抛出去很远，眼镜也歪到鼻梁上，样子又滑稽又狼狈。

夏洛洛忍不住就笑了。哪有这样的人，只顾看着别人，也不看脚下的路。笑得弯了腰，才发现李健脸上红一阵、白一阵，难为情的样子。夏洛洛低下头，忽然良心发现，觉得自己太过分，觉得自己有些不厚道的嫌疑，不过是摔了一跤，有那么好笑吗？

她止住笑，把书捡起来，拍了拍上面的灰尘，递给李健，说，学长，以后走路别只顾看东看西，又摔倒了。说着，掩住嘴，又想笑。

李健每次看到自己都会制造点事故出来，比如上次他和同学踢球，口渴难抑，伸手接同学递过来的矿泉水时，猛然看到她，怔了一下，水瓶掉到地上，一瓶开了盖的水，还没来得及喝，就四处流溢。再比如上上次，他们班开班会，他正在前面讲着什么，一边讲，一边比画着，豪情干云，她去他们班找同学，他一转头看到她，一下子就结巴了，忘记了底下要说的话。再比如上上上次……

这样想的时候，夏洛洛鼻尖冒汗，一颗心开始慌慌地跳，两朵胭脂红飞上了脸颊。十七岁，正是爱做梦的年纪，况且，除了学习一般，其他方面，夏洛洛都很出众：长发，素颜，长裙，会弹钢琴，会写一手漂亮的文章。

夏洛洛自从发现了李健的秘密，就开始变得很纠结，上课下课，常常处在一种恍惚的状态里，一颗心变得脆弱而敏感，忽喜忽忧，患得患失，一忽儿甜蜜，一忽儿忧伤，日记本里满满都是“李健”这两个字，学习成绩本来就中游，这下好了，一下子滑到尾巴尖上。老师没点名批评过几次，而且下了最后通牒，如果这种状态继续保持下去，就有通知家长的必要了。

好几天放学后都没有看到李健在操场上踢球，夏洛洛开始坐立不安，心中把所有的可能都想了一遍：他生病了？他家里有事？他不喜欢踢球了？他和同学打架了？他被老师批评了？他心情不好了？

犹豫、矛盾、忐忑，夏洛洛很快就瘦了下来，娃娃脸变成了瓜子脸，因祸得福，变得更好看了。她对着镜子，顾影自怜。

下了课，一次次去隔壁班偷窥，李健像失踪了一样，踪影全无。

不知是谁说李健生病住院了，夏洛洛松了一口气，放了学，一口气跑到李健住院的地方，她只想偷偷地看看李健，只看一眼，看看他好不好，不打搅他的生活。这样想的时候，夏洛洛的心变得酸楚起来，有一丝悲壮和痛楚泅在其中。

她买了冰糖蜜橘还有柠檬、一大把的白色康乃馨去看李健，她只想看他一眼，偷偷地，然后把那些东西放在病房门口，然后李健一出门，看到那些礼物，他会以为那是仙女的礼物，他会开心一点，快乐一点，病就会好得快一点。

夏洛洛沉浸在她一厢情愿的想法里，去了医院，她就傻了眼，哪里有李健的影子？楼上楼下到处找，好看的白衣天使姐姐把她领到三楼拐角的一个房间，然后朝里喊了一声，李健，有人来看你了！

隔了良久，屋里蹒跚出来一个民工模样的大叔，一口地方口音，大声嚷嚷，谁找李健？谁找李健？俺就是。躲在拐角处的夏洛洛吓了一跳，抱着那些花儿，转身就跑，因为用力太猛，那些花儿被她揉搓得花瓣落满了台阶。

她什么都顾不得了，一手提着长裙，一手抱着花儿，跑出医院很久才发现，她抱着的那些花儿成了光杆，花瓣早已零落。

夏洛洛把那些没有了花瓣的花儿扔进路边的垃圾桶里，站在路边长长地吁了一口气，一滴泪，从她长长的睫毛上滚落下来。委屈吗？不是。甜蜜吗？更不是了。难过吗？好像也不是。总之，是说不清楚为什么的。

周一去上学，忽然就看见李健，他站在校园里那棵高大的白杨树下，俊朗，挺拔。看见李健的刹那，夏洛洛柔软的内心忽然被什么东西击中，莫名地战栗了一下。

原来李健失踪的这些日子，是去省城参加物理竞赛去了。夏洛洛从来不知道，李健不但球踢得好，而且学习成绩也特别优秀。这一发现，让夏洛洛很失落，自己的学习成绩这么烂，根本不配喜欢李健。

从那一天开始，夏洛洛变成了班里最用功的女孩，别人说笑玩闹的时候，她都在疯狂地赶书，她一定要用最好的成绩和李健考进同一所大学。唯其如此，才不辜负美丽的青春，才不辜负自己的喜欢。

李健考进他梦想中的大学的时候，夏洛洛的成绩已经由尾巴尖上赶到上游，所以李健离校去上大学，并没有给她带来多大冲击，因为她知道，不久，自己也会考上那所大学的。

自信的女孩都很美丽，夏洛洛也不例外。从毛毛虫进化成蝴蝶的过程，虽然漫长了一点，但却并不是很痛苦。

夏洛洛高三那年，李健回母校作报告。在青春翻过一页又一页之后，夏洛洛终于再次见到李健。李健逻辑清晰、思维敏捷，眼神温凉，夏洛洛坐在角落里发呆，心中漫上如水一样的回忆，过往的李健和现在看到的李健，在心中无法重叠。

那天散会后，李健特地来找夏洛洛。

夏洛洛站在校门口，用脚在地上画圈圈，那个在心中纠结了很久很难受的问题，终于被她问出口，因为她知道，茫茫人海，今天一别，不知道什么时候才能再相遇。

下了很大的决心，可是话一出口，还是有些结巴。当年，你每次看到我都出糗，是不是因为喜欢我？李健笑了，说，出糗是因为你，却不是狭义上的喜欢。在图书馆门口，你的头发上有一只毛毛虫，我想告诉你，可是还没有说出口，结果就摔了一跤，把想说的话摔忘了……

夏洛洛的脑子里一片空白，自己以为喜欢了，爱了，刻骨铭心地，原来不过是青春过道里的一出独角戏，自己演，自己看，没有观众，没有掌声，只有自己的忘情和投入。

放学回家，路过那家图书馆，一树一树的蔷薇在风中摇曳，有沁人的香味，随着风这个媒介钻进鼻子里。图书馆门前，一个男孩和一个女孩站在台阶上，在小声说着什么。夏洛洛匆匆瞥了一眼，有些恍惚，斯时斯刻，多么像当年的自己和李健，明明心中有如千军万马，其实什么事情也都没有发生，青春瑰丽，岁月安好。（积雪草）

时光的魔盒里

在每一个少年的时光魔盒里，
原都盛放着一份永生而又不可更改的纯美恋情。
可这些，都会过去。
即便我们曾山盟海誓，天荒地老。
要知道，年少的誓言，实质并没有绝对的期限。

当我骑着新买的自行车在川流不息的马路上横冲直撞时，她就远远地立在路的那头。轻扬的长发下，是一双黑夜的眸子，和一袭白底蓝花长裙，不由自主地，我的车速变得越来越慢，最后，停在了她视线之外的一棵白桦树下。

少年时候的喜欢，就是那么真挚而又不可名状。我很想勇敢地走上去，问问她的名字，与她说上那么几句简短的话。可这样的想法，一直在我围着那条马路徘徊了一个午后，还是没能实现。

后来，在一次班级的联谊会上，我竟然见到了她。欢喜之余，我又必须保持住从容和镇定。野炊过后，双方班长提议，抽签表演节目。谁要是抽到了17号，就必须表演一个节目，当然，可以随意邀请一个搭档。

我多么希望，那个众人惧怕的17号能够安然地在我的手里展开。那么，我就可以名正言顺地邀请她，将她从人潮中剥离出来。可遗憾的是，直到游戏快要结束，我都不曾抽到17号。后来，是旁边的朋友硬要与我换了字条，我悻悻地打开，几欲落泪。

就那样，我站在清风草尖，指了指她的位置，顿时一阵欢呼和掌声。那天，我们对站着，商量之后，唱了一首名为《相思风雨中》的老歌。她唱得很是深情，眸子里流动着耀眼的细碎的光芒。

那个午后，我回到了自己温热的位置上，心里一片潮湿。我想，我定是爱上了这位尚不知名的女孩。只是，仅一面之缘的我们，该以怎样的方式来开启彼此之间的话匣呢？我想了许久，仍是不知所措。

雨夜，我握着抢来的雨伞匆匆下楼，竟见到她茫然地立在楼道口，我故作散漫地说，嗨，你没带伞吗？一起走吧。

为了让她不被雨丝淋到，我尽量将伞打到她的一边，结果，在分别的路口，我的衣角已然滴起了不可歇止的迷恋。她抱歉地说，真不好意思，把你的衣服都弄湿了。我笑笑，趁她低头之时，将冰凉的雨伞硬塞进她纤弱的手掌，急速消失在愈渐滂沱的雨幕里。

几个日夜之后，我们相恋了。我几乎是耗尽所有的精力来保存这份至善尽美的初恋。毕竟，少年的欢喜是不可能如忧愁一般时时都有的。

我以为，这样的恋情，一定会天荒地老，她也曾在淡蓝的信中为我写过“生死契阔，与子成说”的誓言。我就这么固执地爱着，将少年的一切希冀都托付于这段旁人看似脆弱到没有结局的恋情之上。

为了能将这份来之不易的恋情延续，我报了与她同城的一所大学。可即便这样，这份早熟的爱情，还是不得不在大学的人潮波澜中淡然泯灭。

铺天盖地的忧伤让我忘却了时间。之后的几年里，我再没触碰过完整的爱情。对于这样一场如同大病的陈年之伤，我只能远远地让它在时光中自然愈合。

很多年后，一位朴实的女子向我表白。她熟读我的每一篇文字，知道我的每一段历史。我终于不再对着往事回首，默默地，牵着她粗糙的大手穿过人流，终于可以在幸福靠近之时，不去触碰那段酸涩的旧忆。

在每一个少年的时光魔盒里，原都盛放着一份永生而又不可更改的纯美恋情。可这些，都会过去。即便我们曾山盟海誓，天荒地老。要知道，年少的誓言，实质并没有绝对的期限。

生活总要继续，那些曾让你彻悟、大悲、狂喜的事情，都只能留在一个名叫时光的魔盒里。这并非逃避，有些东西，总是一直都在。(一路开花)

青春里，
那场谁都会遇上的爱情

或许，在心思萌动的岁月里，
在青春的大幕上，谁都会有这样一段经历，
那一刻，我们并不一定要喜欢上谁，
我们喜欢上的，其实就是一场懵懂的爱情。

也许是冥冥之中的安排，我与刘仲平成了同桌。

本来，我是不需要复读的，然而，心高气傲的我，高考志愿只填了杭州的一所最心仪的高校，我想搏一下，结果，搏到复读的这条路上来了。

“欢迎你，杨姝。”刘仲平站起来和我打招呼。这一年，多多关照啊！刘仲平嬉皮笑脸地，一边说，一边为我把凳子拉开。我连正眼也没瞅他一下，就坐了下来。

本姑娘烦着呢，没空搭理你。好些日子了，我一直都在没被录取的痛苦泥淖中挣扎着，见谁都像见了仇人似的。

应届的时候，刘仲平就与我同班，人称“刘胖子”，成绩不怎么样，一天到晚吊儿郎当，同学们都说他身材是盗版韩红的，发型是盗版朴树的，总之看起来不伦不类，不像个学生。不过，他的字写得很好，潇洒俊逸，颇有古风。据说，他爷爷当过私塾先生，他的字还是他爷爷教的。

学校有好多棵法国梧桐。树干上，曾经刻下过许多人的憧憬和希望。我在最细的一棵上，抚摸着高三时留下的那个几个字。字已经变得硬而干瘪，风抽干了它的水分，像极了此刻黯淡了的梦想。我正暗自神伤呢，刘仲平走了过来，“喂才女，干吗呢，又在春恨秋悲了吧。”刘仲平像是关切，又像是在调侃。我没搭理他。树上的梧桐叶，开始一片两片地落，我往前走了好一阵，一回头，发现刘仲平还站在那棵小树边，正云淡风轻地朝我笑呢。

嘿，这死胖子。

晚秋时候，我感冒了好长一段日子。家里宽阔的院子里，一院的雀子，树上的，地下的，飞起来，落下去，到处都是。每天，我都数着这些雀子打发在家养病的无聊时光。好容易挨到病好，刚回到班里，刘仲平就冲上来，说，你可把大家给想坏了！说完，手忙脚乱地从桌膛里掏出一个本子，恭恭敬敬地递给我，本上整整齐齐的，是各科的笔记。

我怕漏了重点，老师讲的，几乎都给你记下了。刘仲平脸红红的，透着乍见到我的激动，以及一个大男生的明媚与张扬。

行啊，刘胖子。我一拍刘仲平。那一刻，我很想说几句感谢的话，但千言万语，都淹没在我如花绽放的心底了。

那年冬天，北方下了罕见的一场大雪。同学们奢侈地打了一场痛快淋漓的雪仗，释放的青春，像一团团火，燃烧着。我朝刘仲平扔了不少雪球，刘仲平也向我扔了好多。我们都有些疯，回到班里，湿漉漉的，也不知道是汗水还是雪水，总之，个个像落汤鸡。杨姝，你看你的手，冻得通红。刘仲平说完，往自己的塑料杯里倒了满满一杯开水，然后拧上盖，往我面前一推，说："赶紧焐一焐，暖和暖和你的手。"

说完，他一抬手，还顺势捡走了残留在我羽绒服帽袋里的一块雪球。

复读班的年假是短暂的，然而，就在这年假里，发生了一件怪事。我发现，除了每天的假期作业外，心里总还有些事，隐隐约约的，放不下。是什么事呢？说起来有些荒唐，我居然有些想我的同桌——那个死胖子。而且，真去想他的时候，居然什么也想不起来，除了胖，模样，神态，居然全在我的记忆中丢了。一片空白。

开学的时候，我把这种感受写成一个字条给了梁老师。当天晚上，梁老师就在她的办公室召见了我。我估计梁老师给我的，必将是劈头盖脸的一顿批评。哪料到，梁老师轻拢慢捻，说：祝贺你，杨姝，你喜欢上了一个人。

什么？祝贺我?！我有些瞠目结舌。我不敢相信，坐在我面前笑语盈盈的，就是被我视为知己，可以把心底最私密的话都倾诉于她的，最可敬可爱的数学老师——梁老师。

是的，杨姝，你大了，该有一场恋爱了。梁老师语重心长地。不过，你告诉老师一个秘密，老师也告诉你一个秘密，而且，这个秘密还是关于你的。

关于我的？我用手一指自己。是的，梁老师点点头。而且，这个秘密同样关涉一场恋爱。梁老师说这话的时候，眼镜片后边露出一丝诡秘的笑。

是这样的，前些日子，一个学习很棒很棒的男生来找我，当然了，也是咱们班的。他说，他喜欢上了一个女生，暗恋之中，不能自拔，而他所暗恋的那个女生就是你。

我不知道我的脸烫到了什么程度，心“嗵嗵嗵”的，仿佛要蹦出来。梁老师说，不过，我不会告诉你这个男生是谁，就像，我不会在别人面前提及你的名字一样。

从梁老师那里出来，一种说不清道不明的滋味萦绕在心扉，不知道该哭，还是该笑。爱，或被爱，像溶化在心底的糖，满满地浸润开来，甜蜜得有些幸福，也有些无所适从。

春天，郊外植树的时候，我和刘仲平合力种下了一棵树。我在他干得大汗淋漓的时候，为他递去了自己从不轻易让别人使的毛巾。但，那一刻，我的心里淡淡的，静静地。

是的，我的注意力已经不在刘仲平身上了。我所想的是，梁老师说的那个让我怦然心动的同学，究竟会是谁呢?

我曾在心里把学习优秀的几个男生都过了一遍，觉得哪个也有可能是，又哪一个也不像。那一段时间，我做的更多的，就是与他们比成绩。无论对方是谁，我一定要考过他，这样，也不枉他喜欢自己一场——我曾经这样傻傻地想。

高考结束后，我以 650 分的成绩如愿被杭州的那所名校录取。刘仲平勉强考上了一所二本的学校，他乐得屁颠屁颠的，说是沾了我的光。说实在的，一年的历练，刘仲平确实瘦了不少，也苗条出了几分意想不到的帅气。

直到最后，也没有男生向我表白过什么，是梁老师编造了一个谎言，还是确有其人，我最终也没有向梁老师去求证。我情愿它成为一个谜，一个永远的谜。因为，重要的是，我在这个谜面上，走过了人生中最重要的一段路程。

我也不知道，那一年，究竟为什么，暗暗喜欢上了刘仲平。直到现在，也说不明白到底为什么。

或许，在心思萌动的岁月里，在青春的大幕上，谁都会有这样一段经历，那一刻，我们并不一定要喜欢上谁，我们喜欢上的，其实就是一场懵懂的爱情。

而这，就是令人费解而又迷恋的青春。（马德）

青春窗口的一弯月牙儿

没有人生来就懂得如何去爱，
所以，有些感情永远无法说出口。
他微笑时弯弯的眼睛，
像停留在青春窗口的一弯月牙儿，定格在我十七岁的记忆里。

上中学时，我曾深深地喜欢过一名男生。他长得并没有多帅气，学习也不是特别出色，月牙儿一样的眼睛，笑起来就眯成了两条缝。他喜欢穿一件绿色的夹克，笑容灿烂而腼腆，总让我想起“接天莲叶无穷碧”这句诗。

我和他同届不同班。隔着我班教室的窗户，可以看到他班教室的窗户。上课时，我老是走神，向外张望，希望透过窗户看见他读书时摇头晃脑的样子。可是，这个小小的愿望从没实现过，除了窗户、屋檐和偶尔飞过的小鸟，什么也看不到。

不知道从什么时候开始，我发现他也会偷眼望我。我想，也许是我在全校同学大会上领奖的时候，也许是我坐在操场上忧郁发呆的时候……

我们没有说过太多的话，在校园里遇见也只是擦肩而过。更奇怪的是，每次周末回家和返校的路上，我们总会不期而遇。他骑着自行车风一般掠过我的身边，回头一个笑脸，从来不会等我。

我也没想过让他等我，能这样遇见，相视一笑，我就已经很满足了。

后来，遇见的次数多了，我们之间有了一种奇怪的默契，话还是不多，却像老朋友一样。那时，我不懂这就是男女之间那懵懂的爱，只觉得青春像只纯洁的白色飞鸟，飞得好快，抓也抓不住。

一次，在食堂打饭时遇见他。当时排队的人很多，我看到他挤在前面。他回头时看见我，问需不需要帮忙打饭，我红着脸说不用。旁边的死党都说我好傻，白白错过这么好的机会。我心里却偷乐，觉得可以借机多看他几眼。晚自习后，又在教室门口遇见他，他关切地对我说“睡个好觉，明天还要早起”。我心里乱乱的，却又觉得很甜蜜。

那时，我们都忙着高考复习，一直保持着若即若离的状态，有时感觉很亲近，但似乎也没什么交往。

我们最亲近的一次，是在那年冬天晚自习后的一个星夜。稀疏的几颗寒星点缀在幽蓝的夜空，我从操场路过，恰好遇见他，我们就一起坐在操场上说话。他问我冷不冷，我说不冷，他碰了一下我的手，我的手冰凉冰凉的。他犹豫了一下，说了句“我帮你暖暖手吧”。当时，我既紧张又害怕，我以为他会把我的手紧紧地攥在他的手心里，没想到，他竟把我的双手夹在他的胳肢窝下，我们面对面地立在那儿。我虽然冲动地很想让他亲我一下，但当他也冲动地要拥抱我时，由于害怕，我还是拒绝了他。

再遇见他时，他还是粲然地笑，只是少了一份默契。后来，看见他跟别的女生在一起说笑，我心里很难过，感觉他疏远了我。一定是因为我拒绝了他的拥抱，他以为我不喜欢他。

高考越来越近，大家都在忙着复习，我也来不及思索这些事情了。也许是很少出教室的原因，我很少再遇见他，偶尔遇见，也只是远远地扫上几眼，匆匆而过。

终于，我考上了自己喜欢的大学。

起程去大学报到那天，我看见汽车上坐着的很多都是我的同学和校友，我也看见了他，他微笑着向我示意。

他坐在汽车的后排，我坐在最前面。我很想和他坐在一起，想在奔赴大学之前和他说一些话，但又感到羞涩，没有移步。巧的是，汽车后排的一位同学喊我过去聊天，我便装作兴高采烈的样子跑了过去。

我坐在他后面的一个座位上，没心思和同学说话，一直在悄悄地望着他。我故意说话时声音很大，好让他听到，我想引起他的注意。我看见他微微地回头，好像是在侧耳倾听，又好像是在回头偷望，又好像什么都不是。该下车了，我们什么都没说。

从此，我再也没有见过他。

大学四年里，我也谈过恋爱，但再也没有那种心如鹿撞的感觉。他去了什么学校，后来又去了哪里，我一无所知，也打听不到。我曾试图找过他，写了很多信，都石沉大海。有时候，我幻想，如果再让我遇见他，我一定很明确地告诉他，我喜欢他。

没有人生来就懂得如何去爱，所以，有些感情永远无法说出口。他微笑时弯弯的眼睛，像停留在青春窗口的一弯月牙儿，定格在我十七岁的记忆里。（李愫生）

春末夏初的暗恋

时光真是最伟大的化妆师，
躲在时光背后的人们却依然要走过春夏秋冬。
而暗恋的感觉也许就像春末夏初，
永远是美丽而浪漫的，不会有悲伤。

错过了那个人，也许这辈子也就这样了。潮起潮落之后，难过伤心之后，五月天却留了下来，连同自己所谓的梦想，陪着我度过了每一次的清晨和每一次的黄昏。失去了缘分的人，即使在同一个城市里也不太容易碰到。回忆越来越美，旧时光却把你困在里面出不来。

可是就在你沉浸于回忆中的时候，你错过了一个又一个人。到底是要错过多少人，才能遇到真正对的那个人。

每当路边和公园里的新绿明晃晃地伸向天空时，每当潮湿的空气中充溢了植物的生长气息时，她知道已是春末夏初。这时，她心里总是有种莫名其妙的感觉——一股思念强烈地在一丛丛新绿中膨胀。她总觉得，春末夏初是一切浪漫故事发生的时间，就像她第一次的暗恋。

那时，她在镇上读初中。班里有一个很优秀的男生，长相帅气，学习成绩总是年级第一，为人又随和。班里几乎所有女生都崇拜他，并从心里爱慕他。她也不例外。她是个害羞的女孩，像窗台上的含羞草一样，任何人的一句嘲笑都会让她缩回刚刚打开的叶子。她只是一心一意地关注他、关心他。

每次上课听乏了，她的眼睛就忍不住朝他的脸望过去。只要看到他的脸和他嘴角的笑，她就觉得是一种安慰。若是在校园的某条路上遇见他，她也会觉得这是种不期而至的幸福。她观察到他的一个小动作：总是喜欢从嘴里吹出一股风去吹动额前的头发，并不自觉地露出淡淡的笑。她为这个小动作痴迷，心里总是漾起特别的温柔。

下午放学后，她会去操场的树荫下坐着，看不远处的他打篮球。学校操场边有一排樟树，春末夏初的时候，那排樟树的叶子一点点茂密起来，而那让她安静的新绿也一层层旺盛起来。树下落了一地黑黑的籽，她走过时故意用脚踩碎，黑黑的籽发出“啪”的爆裂声。看着他打篮球，对她来说是一种淡淡的幸福。她同时会想一些事，觉得春末夏初是最特别的转换。冬末春初、夏末秋初、秋末冬初的世界在她眼里都是荒凉的，只有春末夏初，生命走向繁盛，满世界的新绿让她心里有种说不出的感觉。

她的暗恋当然不会有结果。他考上了市里最好的高中，而她只考上了另一个镇上的普通高中。虽然每到春末夏初，她都期待拥有一份浪漫的爱情，但关于他的消息却一点点褪色。后来，竟然不知道他在哪里读大学……

一转眼，十多年过去了。春末夏初的一天，她坐车回省城。上车的时候，眼角一瞥竟然瞥到了他。她的心跳加速，找了个离他不远的位置坐下，这样可以看他的背影，甚至他的脸。她发现他旁边坐着一个年轻的女孩子，两人很是亲密。她看见他脸上依然淡淡地笑着，还给女孩指窗外的风景。她甚至看见他朝身后的自己看了一眼。可是，他的目光很快离开，根本就没认出她来。她的心像被踩的樟树籽一样爆裂。可是爆裂过后，她并没有心痛的感觉。

到了省城后，她和他朝着不同的方向离开。她忽然觉得时光真是最伟大的化妆师，躲在时光背后的人们却依然要走过春夏秋冬。而暗恋的感觉也许就像春末夏初，永远是美丽而浪漫的，不会有悲伤。（厉勇）

喜欢你，是一场漫长的失恋

在这不长的生命中可以遇见一个闪闪发光的人，
是多好的事吧，就算你们没有在一起，
也至少把他当成信仰一般遥远地爱过，这青春就无悔了吧。

每一个青春里都有万水千山。

青春是一段颠覆你价值观的时光，你会发现曾经学到的道理都十分空洞，曾经安慰别人的话变得毫无用处。

在年轻的爱里，等待并不是一种美德，有时候爱情的确需要耐心，但你不再把时间当作自己最大的凭借。你可以付出你的爱，但你禁不起谁的恣意挥霍。

Z，事到如今，你一定会感激在这不长的生命中可以遇见一个闪闪发光的人是多好的事吧。就算你们没有在一起，也至少把他当过信仰一般遥远地爱过，这青春就无悔了吧。

Z，你常说，自己没有什么拯救人类的本领，但可以给一个人幸福。

2009年，我们大二，他在上海同济大学念书，喜欢玩网游，做设计。当你抱着笔记本冲到我寝室楼下，急匆匆地问我如何用PS把他的头像放在绿巨人身上时，我就知道，你喜欢他的程度，应该接近沸点了。

但是你们并没有在一起。原因可能是你这个另类的胆小白羊座，因为不确定对方的心情而不敢表白。当然我一直认为根源是他不爱你，所以才舍得暧昧。

因他跟你是老乡的关系，于是在大二的暑假，你们第一次见面。头天晚上你给我打了很多次电话，说睡不着，我说你就想象他坐马桶的样子，睡觉打鼾的样子，总之往不好的地方想，他外面那层发光的东西很快就剥落了，你也少点压力。当然最后你还是直接睁眼到天亮，笨拙地用遮瑕膏盖了盖黑眼圈去赴约。

你们见面后，如老朋友般有一句没一句地拌嘴，你一路给我发信息，他好帅，好阳光，手臂线条很好看，你们去了哪里玩，去了哪里吃饭。你最后一条信息说，你们在吃比萨，你抢了单。

在这之后的三天，我都没有收到你任何的信息，电话打过去也是关机，我以为你们一见钟情手拉手赶上了热恋的列车，可当你敲了我家的门，然后挂着一脸泪站在我面前时，我才意识到，天色将晚，他提前下了车。

原来那晚你们分别后，你鼓起勇气给他发了信息，在那句唯唯诺诺的“给你说个秘密，我好像喜欢上你了”发出去很久之后，他才回复了很精练的一句话：“我一直都把你当妹妹的，我已经有女朋友了，我好像不能对不起她。”

我看着你靠着沙发哭得狼狈，很是心疼。我大概能体会到这种感觉，这种随时感觉手机都在振动，这种一看见他就变成话唠，这种失掉了所有的兴趣唯一的兴趣就想跟他在一起的感觉，是不是就是所谓的把“喜欢”慢慢叠加之后，价值提升的“爱”?

我问你，你怎么回复他的?

你瞥了我一眼，说，那是跟朋友在玩真心话大冒险的惩罚。

书上说，你成为今天的你，定是因为一些事的发生，它们或大或小，但必定在你记忆中留下烙印。而后所发生的许多事，或悲恸，或盛大，或悄然而至，都能在这些烙印里找到最初的源头。

你对他，开始了一场以十九岁为起点的漫长暗恋。

每个男生，包括我自己，很多时候难以区分暧昧的界限，他们对于身边出现的女生，在找到真正喜欢的那个人之前，是不会把其他人统统归进黑名单的。他们在被某种关怀围绕被别人需要的情感里乐此不疲，正因为他们孤独、自负而又要养活那颗要强的心脏。

而你，不过是他们成长的牺牲品。暗恋一个人，究其原因，不过是因为自己在喜欢的人面前太过卑微，而失掉两个人能走到一起的自信心。

当他不喜欢你，你故意漂亮地出现在他身边是没用的，你送他的糖是不甜的，你隔三岔五发的“你在干什么”“在哪儿呢”在他眼里跟售楼短信的性质是一样的，你跟他斗嘴做相同的事他会觉得是他光芒万丈而让你自愿靠近他的，你在状态里更新的小心思他是看不懂的，你哭得死去活来他也会不痛不痒的。他是你的生活背景，而你是他的甲乙丙丁。

Z，我体谅那接下来的几年，几百天，几千几万个小时，你焦灼而又无可奈何的心情。后来，你们没有再说过一句话，你也不愿意常来找我了，你变得孤独，渺小得像是宇宙中微弱的一颗星体。有一次，我在人工湖边看到你，你蹲在地上盯着湿漉漉的土壤发呆，我那时第一次觉得你瘦了，爱情真的是最坏的发胖甜品和最好的减肥苦药。

你的室友说你常把饭菜打包带回寝室，对着电脑屏一发呆就是一下午，你失去了原本对很多事情的期待，尤其在爱情这一块。

后来我们毕业了，我去了北京，临行前听人说，他成了卫视节目的制片人，我感叹上天为什么总是眷顾伤害别人的一方。我在北京的工作很顺利，很快就融入了北方的生活。微博流行起来之后的某天，你关注了我，于是第一时间就发私信给你。

Z，你过得好吗？

你说，你现在在一家日企上班，每天朝九晚五的，没有什么新的朋友，唯一的爱好可能就是研究国外各种电影。你变成了我最常见到的那种女生，平淡、简单、规律，好像能把你未来五年十年的轨迹一眼看穿似的。你对我说了抱歉，因为那段暗恋的不成熟而让我们的友情也淡了。我当然没有责怪你，只是看着你现在淡然的那抹笑，仍然在意，你是否还沉在过去那段感情里。

你说，受过伤的地方，永远留着一块伤口，在你快忘记它的时候，就会突然疼一下。

以前那个拿着刀枪棍棒要勇闯别人世界的女孩，最后竟学会安稳地自己舔舐伤口。活得越久越发现，嘲笑声是自己发出的，耳光也是自己打的，担惊受怕的任何事都是经历，所有经历，都是收获，所有收获也都将化作尘土。

没有了当时那份浓烈的喜欢，是因为成熟了，而丢了过去的自己。现在的你，偶尔还是会关注他的近况，看他有没有伤心，又跟谁恋爱着。而你一直没有恋爱的原因，可能是还需要更长的时间或等着更好的人，来抚平那个不可能的人住得太久而留下的凹痕。

喜欢一个不喜欢你的人，就意味着一场漫长的失恋，它不能靠转移注意力或者看一些喜剧片冷笑话来排解伤心。这本是一个带有不甘心的算术题，除了靠时间运算，否则在那堆加减乘除里，根本找不到简便算法。

一辈子总会爱上不爱你的人，也总会被你不爱的人爱上，而这些所谓的事与愿违，都是人生。

你爱上的他，跟你最重要的梦长得很像，你的每一次注视、每一句问候，都想换来等价的“我喜欢你”。可是，对方的每一次冷淡都会把你打回现实，现实就是，即使他冷淡对你，你仍然还是钟情于他，你能让自己冷淡吗？道理都懂，只是不死心罢了。所以，就好好享受一个人喜欢一个人，再被那个人伤害，最后只剩一个人的感觉吧。这是门叫“时间”的课，上过之后，或许你就成长了。

因为喜欢一个人，就包容了对方的不羁与忽视，你唯一能做的，就是不打扰。没有人会永远活在过去，怀念是因为尚且年轻，只有离开才能给彼此更广袤的天地，跋涉的途中终于失去了自己，而变成了更好的你。

Z，有一件事没有告诉你，还记得你给我发的那条信息吗，你们吃的比萨，你抢了单。

那时你把写着数量×2的收银条夹在钱包里，当作纪念。可是有一次我无聊翻看你钱包里的拍立得时，那张收银条掉了出来，再次摊开的时候，上面的字迹褪了色，变成一张白纸。

其实一切的问题，时间已经给了答案。（张皓宸）

从此我喜欢的人，都很像你

青梅已逝，竹马已老，
从此，我喜欢的人，都很像你。

当月光又一次照亮这一行行的文字，谁能读懂那一笔一画的情丝？心可会悸动？当目光再一次被这些清瘦的文字淋湿，谁的心和谁的心又会产生共鸣，一起疼痛？

谁又会情不自禁地捡拾这些零散的片段，拥抱在怀中，取暖，然后感叹，没有你的陪伴，日子最孤单？那个人会是你吗？

在南方最尴尬的时候，总会遇到齐铭。

比如，周一第一节数学课，因为自行车半路爆胎，南方紧走慢走，还是迟到了半个多小时。她把书包抱在怀里，猫着腰，准备悄悄地从后门溜到座位。推门的时候，后门因为实在太老旧，“吱呀”一声拉起了长调。最后一排的齐铭被惊醒后，立刻坐了起来。南方条件反射似的抱着书包蹲了下来，一抬头，就看到齐铭懒洋洋地从桌子上抬起头来，惺忪着眼睛看着吵醒自己的南方。前一秒钟还在黑板上摆弄圆锥曲线的数学老师，被“吱呀”一声吵到思路，忽然来了一个“猛回头”，侧着头没法看到是谁迟到捣乱，等发现是好学生南方的时候，他立马停止了黑板上圆锥曲线等于号后面的内容，和全班同学一起，不言语地等着南方站起来。没有退路的南方在沉默中，缓慢地站直了身子，目光扫过聚焦过来的各路眼神，不好意思地笑着说：“抱歉。”然后急急忙忙地走到了座位。

南方总觉得最后一排的齐铭看着她的时候，脸上有一抹轻视的笑。

南方照例骑着店里的电动车，去帮妈妈经营的花店送花，戴着一个特别傻气的美洋洋安全头盔。南方第一次看到这个头盔的时候，马上就嫌弃妈妈的眼光怎么可以这么土？妈妈指着美洋洋头上的粉红花发夹，然后转到头盔的后面，说：“知道什么是宣传效应吗？”南方恍然大悟似的点头，因为美洋洋就是一朵漂亮的女人花，头盔的后面还贴着亮闪闪的带钻店名“街角的祝福”。

可是对于这个头盔的嫌弃之情，终于在一个周末，让南方觉得到达了顶点。

那天，她骑着电动车寻找收花主人的地址时，看到了齐铭跟一群男生坐在马路边上闲聊。南方骑过的时候，有好事的男生，对着南方吹口哨。南方尽自己最大的努力拿出凶狠的眼光回瞪了好事的男生，然后加足马力骑电动车往前飞奔。可是南方运气背，那天任凭自己找花了眼睛，也没看到福州路上一堵白墙斜对面的小巷口。于是，南方不得不骑着电动车来回晃在有一群男生在的福州路上。

最后，在大夏天没人的街上，南方不得不停下车厚着脸皮去问那群男生，白墙斜对面的小巷口在哪个位置。

南方说声“谢谢”要走的时候。男生又起哄道：“不客气，街角花店的美洋洋，你头盔上的钻，真是闪花了眼。”

丢人的时刻，就少不了被齐铭看到。

南方第一次近距离看到齐铭，是文理没分科的时候，齐铭跟南方还不在一个班级。南方作为班级语文科代表在下午的自习课上去办公室抱作业。等她从教师楼里走出来，正好看到一群男生在一排水龙头下洗头，大声地笑着聊天。大概因为刚打完篮球，连穿着 T 恤的后背都湿透了。齐铭就是在这时候，突然把手上的水往身边还在洗头的男生洒了过去。那个男生，因为后背不经意的清凉，顿时“嗷嗷”叫了起来，然后也马上用手上的水，开始反击。

水花是没有规则的，在男生们的打闹声中，交错在一起。在太阳的反射下，明亮地闪烁着，南方好像看到了彩虹，这在物理课本上有科学解释，可是到底是因为的太阳折射还是反射，南方记不清了。

齐铭在敌方的男生拿起旁边的一整杯水时，终于意识到自己势单力薄，明智地放弃守卫，朝南方的方向跑来，刚刚还在全神贯注地等待着男生们演出高潮的南方顿时慌了手脚。

其实，齐铭路过南方只是两秒钟的事情，但南方清楚地记得齐铭跑过来的时候，身上带着一股晒过的被子上阳光的味道，温暖又舒服。齐铭因为跑得太急，还撞到了南方的肩膀，南方身体一倾斜，像是要跌倒，齐铭没来得及回头看南方，边跑边说了一句：“小心！同学！”南方觉得齐铭说的应该是小心手里抱的全班的作业，于是，一本正经地转过头来对着一群追过来的男生喊：“不要闹了，我抱着同学们的作业本，不要弄湿了，弄湿了我就……”

南方也不知道弄湿了她会怎样，男生们似乎也根本没听见她在说什么，追着齐铭跑进了教学楼里。

齐铭是学校的名人，南方知道他很久了。每一个学校都有不同的名人，有因为爱学习成绩好出名，有因为不爱学习成绩不好出名，也有因为长得漂亮长得帅被很多人喜欢出名。齐铭就是后者的其中之一，是因为长得好看被很多女生明着喜欢，被更多女生偷着暗恋出名。

南方去齐铭家的时候，也带着美洋洋的头盔，因为齐铭家住的是独栋的小别墅，南方连头盔都没有摘，双脚着地，跨在电动车上，一手扶车，一手按门铃。在南方按了十次门铃马上要放弃的时候，门内突然出现了脚步声，有了开门的动静。南方在美洋洋头盔里，涨红了脸。第一，南方不知道这次花是送到齐铭家，花主人署的姓根本不是齐；第二，开门的齐铭拿着毛巾擦着头发，穿着白色没袖的小汗衫和短裤，明显一副在洗澡被门铃吵到的状态。

南方第一次这么感谢美洋洋头盔。

后来，南方总是有意无意地骑车在齐铭家附近转悠，想遇到齐铭，又怕遇到齐铭，复杂的心情一天多过一天。为了掩饰自己的行为，南方每天拿着从一堆枯萎花里找到的依旧灿烂绽放的各种花的组合，装作去送花，道貌岸然而又“不经意”地路过齐铭家。最后南方会把花随意搁在某一户门口，也包括齐铭家。南方想，自己也像个圣诞老人呢，用这样的方式送花，给每个人的生活送去意外的惊喜，多快乐。

南方跟齐铭虽在一个班级，但却因为座位的前后，成绩的好坏没有更多的交集。高二的时候，齐铭因为英语成绩超棒，意外地和南方一起进入了英语竞赛的年级前十，要在冬至前一起去上海参加比赛。

南方第一次坐飞机，因此激动得前一天晚上很晚才睡着。齐铭坐在南方旁边，看到南方，很礼貌地跟南方问好。南方进到飞机里之后，在密闭的空间里，听到广播里软绵绵的播报声和机翼轰隆隆的声音，忽然紧张得手心出汗。

南方深吸一口气，闭上眼睛，双手用力地抓紧裤子。耳朵里的轰鸣声，让南方再也听不见别的声响，误以为自己快要失聪。直到旁边穿蓝色校服的齐铭把耳机塞到了她耳朵里，音乐随着耳机线传来一首英文歌曲，男生缓慢地唱着一个故事，像是爱情，又不尽是爱情。南方侧头看齐铭，齐铭安静地笑着，像是在问是不是好听。南方没有回答，她看到齐铭背后数千米的高空上的蓝天，是透彻浓厚的蓝，比照片里拍的还要蓝还要好看。但南方却想到了一句煽情的台词——春风再美，也比不过你的笑。

高考结束之后，齐铭总跟另一个女生在一起。南方听说，他们要一起去英国留学了。南方不是不难过，只是觉得其实这样也不错。那女生很漂亮，成绩好，脾气好，性格好，这样的女生才应该拥有齐铭。南方觉得自己不配，可是，南方比之前更经常地出现在齐铭家附近，比之前更多地把花偷偷地放在齐铭家的门口。

高考填完志愿那天，南方在齐铭家巷口坐了一个下午。等南方站起来准备回家时，齐铭骑着自行车按着铃铛出现在南方面前，齐铭停下车子，喘着粗气问："你要去哪里读大学？"南方说："去北方，圣诞节会下大雪的地方。"齐铭祝福南方，然后骑上自行车，说："我去超市买东西了，再见。"

几秒之后，齐铭的背影已经飞奔出了南方的视线。南方的眼泪哗啦啦地流了一地。

那个女生一个人来买花的时候，南方再次发现她的气质真好，默默地在心里再次肯定了她。女生选了很久，最后买了一大束栀子花，付完钱之后，微笑着把花递给南方，对南方说："南方，送你的。"

南方一时没有反应过来。

女生说，齐铭早上已经飞去英国了，她下周也要飞英国，花是齐铭送的。

栀子花枯萎的时候，南方去了北方，火车轰隆隆地碾过岁月，穿过夏末最后的狂欢。

后来，南方走过很多的路，见过很多的人，出过很多次的糗，坐过很多次的飞机，淋过很多次雨，收到很多次花。可是，再也没有遇到一个正当好的少年。那个少年，带着阳光般的味道飞奔路过她，看她迟到，看她戴着幼稚的帽子笨拙地骑车；那个少年，给她带上耳机，不揭穿脸红的她，收藏起每一束她放在门前的花：那个少年，偷偷地托人送一束花和一句“我喜欢你”，然后带着所有的回忆，飞上了数千米高空，飞到了西半球的另一个时区。

后来，南方总是喜欢在有太阳的时候把被子晒得鼓膨起来，阳光的味道安稳了她每一个甜美的梦。在坐飞机的时候，她总是会提前下载很多的英文歌，试图找到第一次听到的歌。青梅已逝，竹马已老，从此，我喜欢的人，都很像你。

幸好，英国和北方，圣诞节都会下雪。

幸好，那段青葱岁月，曾有你在。（浅步调）

拐几个弯，你和爱才会来

爱情，只青睐勇敢的心。

流年的渡口，你深情地呢喃，舒缓着褶皱的时光里的安然。那些飞舞的心花，婉约了流年的花开花落，氤氲了岁月的云卷云舒。

我用时光之笔，将最美的遇见写在心间；我用岁月做笺，将初始的芬芳铭记。

出入侧门的时候，势必要经过篮球场。是不是所有的大学都这样呢？篮球场边上，永远站着众多的女生，而我却从来不去看，我不喜欢那些故意在女孩子面前卖力表演的男孩。也许是在我的心里，藏着一个影子的缘故。梁小池，他是多么沉默而骄傲。

从高中开始，这个影子，绵延了五年。五年，是多么长的一段光阴。他表面上，总是那么温驯。只有我知道，他的骨子里的桀骜。可是，他从来没有注意过我一眼。他的数学那么好，可是严重偏科，所以，他的名次怎么也排不到前二十名。而我们的班主任说，不进前二十名，难说可以进大学的。

我喜欢他。全世界，只有我自己知道。

我对大学的希望，让我不容许自己背弃理想，展开一场分心的恋爱。他走过我的身边，我也只是闭上眼睛感觉他身上的气息。就这样，我等待着，祈祷上天恩赐一个美丽的结果。

这个结果是，我考上了他报读的大学，他的名字，我却怎么也找不到。我站在公示的红榜前，自言自语，是不是，没出息的人，不应该喜欢。我念着他的名字，只念了一遍，我的语速，比即将到来的夏季暑假更加悠长。

整个大一，我都游荡在学校。那时候，在图书馆的背后，长着两株巨大的腊梅。冬春之间，黄色小花开了满树，阳光尚暖时刻，我躺在树下，清香之中，想念梁小池。

他会怎么样了呢?

谁也没想到，我考上了这所学校，而他没有成功。我想我永远都不可能有机会，让他听见我心里的话了。我与他，距离越发远了。从一个教室，变成两个城市。

篮球场边上，还是尖叫不断，但仍引不起我的关注。

来到教室。我习惯固定在顺数第十一排的位置上。因为当年，梁小池坐的就是第十一排。

收到樊南的情书，是在大二的上学期。照例，我折叠了两下，丢到门口的垃圾桶里。我唯一感兴趣的事情，是不断联系老同学，打听梁小池。可是我什么都没打听到。

就像是 片树叶，在人生的岔路上，各自分手，不知道被风吹到哪里去了。

光阴似乎比往年快了。

我终于还是决定放弃，年华一旦错过，就不再有了。让我下定决心的，是从前的一个师姐。她说，她最遗憾的是没有在大学恋爱过。目前她的一切都如此优秀，唯独缺了一门功课——恋爱。现在再也不会有如此纯粹的爱情了，也没有那般的心情去恋爱了。

我心有一丝的震撼：我会有她这样的一天，寂寞、失落，回忆里，遗憾缠绕心间吗？

大三这一年到来的时候，光阴似乎比往年快了许多。我一个宿舍的女孩子，纷纷都由单而双。只有我一个人，仍然孤独地上课，下课，自习。人抗拒得了痛苦，却难以抗拒寂寞。

樊南的情书，在新的一学期开始时，我终于收下了。他是唯一一个，始终不曾放弃我的男生。樊南有着太多和梁小池不一样的地方，虽然他们有着同样的发型，但梁小池是沉默的，而樊南是热情而活泼的，是直接的。就好比他喜欢我，于是情书连绵不断，一年四季等候在我的抽屉里。而最大的一个不同是，樊南喜欢我，并且我知道的。梁小池不曾喜欢我，即使喜欢，我也无法知道。

既然决定了忘记，那么就彻底一些吧。我跟着樊南，第一次尝到恋爱的滋味。即使，我只是被爱，因为我还没有那么快爱上他。

我们在南湖边上，看着太阳出来又落下。湖里多鱼，他常常去抓鱼，一起动手烧烤。在门口的一家乖乖炒饭店，他点了最辣的朝天椒牛肉饭，然后辣得哈着气，猛地在我面上亲吻了一下。大大咧咧，旁若无人。我被他的爱，炙烤得满面通红。不得不承认，他让我快乐起来，摆脱了修女一样的心境。但我还是惆怅了，如果现在吻我的是梁小池呢？会是什么样的呢？

美好的日子，并不长久。我总是感觉，背后有人在盯着我。远远地，又像是很近，寻觅不到人影，那种感觉却挥之不去。很快，一个陌生的女孩子杀气腾腾地靠近我，公然宣战。不久以后，樊南不再找我。再不久以后，他见到我也躲闪着。

也许，我从来就没有认真开始过。总算，我也曾经恋爱过？是不是？大三，就要结束了。那些寂寞的岁月终于到头了。

那一年的宿舍格外紧缺，于是我住到了靠近篮球场的四栋。夏天来临的时候，有风穿过窗户，吹得衣服晃动。临时宿舍里，乱糟糟的。

六月二十八日，是学校通告的毕业生离校的最后日期。

我的墙壁上，挂着一张大幅美女图。我忍不住笑了，没有办法，腾挪出来的旧男生宿舍就是这样的。虽然经过打扫，还是很凌乱。我将暗角的灰尘打扫干净，仔细擦过床铺上下铁架。最后，我忍不住揭下那幅美女明星海报，然后我惊呆了：在海报背后，居然别有图画。

上面是一幅铅笔的素描，长长的头发飘扬着，头发下，是一张纤细而熟悉的面孔。那，分明是我的模样。旁边是手书：“嘉柯，为什么你不转头看我一眼呢！为什么……”

我像是可以看见他坐在床上，发出悠长的叹息。是在怎样寂寞的日子里，他一个人画着我的样子，写下那些话？在角落里，是一个又一个“正”字。末尾，签着他的名字。

他有三百多次机会可以叫我的名字，却次次落空。

眼泪，如同眼泪应该流淌的样子，寂寞地掉了下来。而我，居然住进了他所在的宿舍。他怎么会在这里?

我竟然从来不知道，他一直与我怀着同样的心事。当初他因为骄傲而沉默，我因为理想，而低下头去逃避。

后来，他读了成人教育的本科。他所选择的大学，就是我就读的这所大学。他所住的，就是四栋二楼，成教学生集中居住的地方。他知道我每天经过那条路，于是在那路边的篮球场上打球。一次，两次，三次……到最后数不清楚多少次，没有一次，我注意到他。他也从来没有叫我的名字。

他为什么不叫呢!

我的头发越来越长，而他的“正”越画越多。爱情青睐勇敢的人，当年的我与如今的他，都是不配得到爱情的人。

我永远不会知道，那年，我站在高考录取的红榜前，所说的那些话，他都听见了。因为他就站在巨大的牌子后面，身影全部被遮挡住了。其实，那是他唯一一次鼓起勇气，想要对我说一句话的。他在后面，等我等了许久，我的话使他自卑，他只好默默地离开。这一别，就是好几年。

骄傲有时候，只是一个抵御谦卑的面具。拿下面具，是一张哀伤的脸。

他是骄傲的，是沉默的，也是痛苦的。沉默的人，痛苦也比别人强烈和压抑。难怪我总是感觉，我和樊南在一起的时候，背后有着一双煎熬痛苦的眼睛。原来，那并不是来自那个女孩子。

毕业的时候终于到了，我是最后一个离开的，送别所有人。我将在六月二十七日的上午，乘六点三十分开出的538到火车站。

天空渐渐被照亮。我走出宿舍，走过湖边，走过排球场，经过篮球场，在那里停顿了一下，然后我走出南二门。

我上了第一辆开过来的538公交车。整车只有两个人，一个司机，一个男孩。他坐在第十一排的位置上。我一眼看见了他，他似乎在那里等了许久。

我惊呆了。他起身，走近我，我数着他的脚步，眼泪像蹦跳的兔子一样出了笼子。我们对望了许久，车开起来，人渐渐拥进来，整个城市热闹起来，阳光使每个人的面孔都明亮起来。最终，我们深深拥抱在一起。

爱情，只青睐勇敢的心。我们已经学会了勇敢。（沈嘉柯）

卷　二

初恋，
是一个人的兵荒马乱

原来每一段恋爱，只要在心里面，已经是天长地久。

每个爱情故事都有个男二号

他是我生命中最美好的少年，不管时光来来回回怎样转换，
他始终都站在离我不远的地方，
用符合自己年纪的爱情方式，小心翼翼地爱着我。

他曾跟在我的身后，躲躲藏藏地像是演绎侦探大片似的目送我回家，却从没有和我正常地说过话；他曾写过我的名字，用淡蓝色的钢笔水刻满书本，却始终不肯赠我一封情书；他曾是优秀的红领巾少年，每日站在讲台上抓纪律，却也肯在考试中为我传递答案……

他是我生命中最美好的少年，不管时光来来回回怎样转换，他始终都站在离我不远的地方，用符合自己年纪的爱情方式，小心翼翼地爱着我。

他是我生命中最沉默的少年，自始至终没有说过爱，可直到现在，想起他的时候总会想到“温暖”这个词汇，他随着成长的岁月在

我的心里生根发芽，无论多久之后再想起，他都是那个少年。

几年之后当我十八岁，开始了人生中的第一次恋爱时，觉得天底下最美好的事情莫过于每天和自己爱的人一起吃饭、一起读书、一起描绘将来。

与这些多彩的幸福比起来，以前的回忆大多变得苍白。每个人都需要爱，需要另一个人的陪伴，我庆幸自己能够得到。为此，当幸福太满太满即将溢出脑海的时候，我选择了舍弃自己曾经拥有过的片段。

重新遇见他是在聚会上，我们坐得很远，如果不是有喝醉酒多嘴的人提起，我甚至忘了他的名字。我们就追随着那个人的回忆不停地尴尬地笑着，时间过去太久，我们早已不是昨日那青涩的少男少女了，那些小暗恋在现在看来也变得毫无乐趣了。临走的时候，我留在后面同人说话，他突然转过身来，说了声再见，我也点头，接着便看他笑着离开了。

走在大街上的时候突然间就有伤感的情绪涌上心头，这个始终徘徊在我爱情之外的男孩，按照故事剧情应该是男二号。我知道，在青春岁月中每个女生都会遇到一个爱自己的男生，也会遇到一个暗恋自己的男生，或许会选择爱自己的，而舍弃那个暗恋自己的，可是不管年龄怎样变化，人生到老回忆起来的只有那些曾经美好的事情，而我，自始至终，都想要表示感谢。谢谢他出现在我年少的生命里，谢谢他收拾我遗留的残局，谢谢他默默无闻地爱过我，也谢谢他在最后，愿意同我说一声再见。

有多么奇特呢，我在爱情里爱着，他在我的爱情外爱着，到最后，全世界只有他，是我想要感谢的人。

也曾在朋友的故事外仔仔细细地观看着，那么浅显易懂的爱情就只有她自己浑然不知，男孩子为她买饭、为她撑伞、为她打架……直到最后换来朋友一声——因为我们是好哥们儿哪。真的是不知吗，还是因为彼此之间的缘分太浅太浅，只能做到一个爱，一个无害的面对？后来男孩子订了婚，一年之后结了婚，婚前曾一起吃饭，他喝得大醉淋漓，他说，还是爱她啊！之后我们每个人都被时间挑拨得越来越远，便也不再听说什么是非，大概都被现实逼迫着选择了沉默。

好像，每个人都会成为另一个人的二号吧。因为是暗恋，因为是在别人的爱情之外反反复复地不得进入，但是我们都用尽了自己最大的温柔，在最美好的年华里，选择默默地付出。

张爱玲说：因为懂得，所以慈悲。换上同一种心情，觉得爱或不爱都是一种幸福的伤痛，到最后总要有落幕，只是请记得说再见，说谢谢。

爱从来都是隐藏在最深处，就像洋葱一样，一层一层地剥开，直到最后泪流满面。我们都有着怎样的心境呢，最爱我们的，往往不是我们爱的，只好放任他在我们的爱情故事中，被时间贴上“男二号”的标签，放在回忆里。

那个始终在我身旁沉默的男孩子，送给年少的我一份最美丽的礼物，无论二十岁还是六十岁的我回想起来，都会有幸福溢出心海。我知道我们都回不去了，回不去那些时间里，也回不去那些感情故事里，我只是想告诉他，很高兴自己能够遇见他。

我什么也没有给予他，爱情、友情、一份年少时美好的回忆，统统没有，甚至没有微笑着同他说过话。但是他在我的生命里，并非什么都不是。（Dooc）

少年忽梦

那晚的烟花我到今天还记得。
烟花从江畔黄鹤楼那边升起，扑哧一声热烈地扑满整个夜空。
肆无忌惮地明亮得像少年的微笑。

年轻的时候，我曾经非常喜欢的一类男生，就是手指纤长、体形瘦削、面容清秀的那种。他们偶尔会有些神经质的紧张，偶尔会口吃。他们是一根筋的少年。他们会在你不注意时不错眼珠地盯着你看。但当你的眼光迎上去，他们却躲避不及地慌乱。惊惶的脸上红晕直到耳朵根下。当他们终于能够面对你的时候，语气里就会有种笼罩的力量，是那种不得动弹半毫的笼罩。他们的黑亮的眸子里满是羞涩的热烈。好像雨后里满山遍野蓬勃的春笋，生动而直接。

他们通常理科成绩特别好。他们不会写情书。但他们会帮你在老师提问的时候掩护你。或者考试的时候，侧过半边身体让你可以看到他们的试卷。他们会在某个暮色四合的角落截住你，问，如果我暑假回来，你还在吗？

高中的时候，我的同桌是个口吃的男孩子。他是我们的班长，我是语文科代表。极得班主任宠爱的我们私下很少搭话。数学老师是外地人，说的普通话很难听清。而同桌的名字与我只差一个字。有时候数学老师提问的时候，我们容易互相混淆。后来只要数学课的提问，我岿然不动，即使我听清楚了是我的名字。这时候，他就马上站起来。可怜数学老师总是迷瞪半晌也就作罢。高二分班，他去了理科班，再也没有人顶我的名字回答那些微积分了。

高考结束后，有天我无意中从其他同学那里知道他考上另一个城市就读某著名高校。八月中旬的某天，即将各自远行的同学们想一起吃饭聚聚。他来了。在人声鼎沸的时候，他走过来与我碰杯，我看到他的黑眼睛很亮。散席后，他送我回家，他突然问我，如果我明年暑假回来，你还在不在？那是个黄昏。路边喧哗的人声突然就消失了一样。我盯着他看。夏天的热已经慢慢消失了。不知道从街角哪个角落吹来了微风。我低下了头，看自己的白裙子在风里摇曳着。我用力地按着我的裙子不让它飞起来。那一刻我有些忧伤。

我第一次想起了一个词语：爱情。

但“明年暑假”之后的十年我们再没有见面。大学毕业的十年后，我偶然遇见他一次。是国庆节夜晚。满城燃放烟花。我和妈妈牵手站在街边。人群拥挤里，突然听到熟悉的声音，有些口吃的急切地想表达的声音。我扭头去看，他站在我的身后左边45度角的地方。我扭着头看他。他有些黑了，壮了。个子看起来不高。但肩膀挺宽的。在烟花绽放的光影明暗处。他的胡子好像长成了络腮的规模。他的变化不算大。我收回了眼光。牵着妈妈转去另一处宽阔的观景台。

那晚的烟花我到今天还记得。烟花从江畔黄鹤楼那边升起，扑哧一声热烈地扑满整个夜空。肆无忌惮地明亮得像少年的微笑。渐暗瞬间好像天使的眼睛，随即眼波流转。它一眼一眼地看我，一句一句地讲些宽慰的话。我突然觉得这些盛大和喜悦是别人的，和我并不相干。我只是旁观而已。我听见了自己的心跳。眼泪，就这样流下来了。（普尔蜜）

时光和他都是美好事

她的暗恋奔跑，失望受伤，
原来竟是她的成长，她的时光；
而他不知所措，自相矛盾，努力奔前程，
也是他的成长，他的时光。
他们的时光和年少的他们一样，天真美好，不复再来。

是否，在你的青春里，也有一个寂静的人，在人群之中将你的所有悉心收藏？是否，也有一双你从未察觉的眼，跟随着你，让你就这么轻易，将他所有关于青春的记忆霸占？

就让这年轻的爱成为一生的秘密，归于尘土。或者，直到某天，时光老去，有什么人会对你说起，他曾经爱你。

阮阮喜欢的男孩叫秦川。

秦川高高瘦瘦穿蓝色衬衣，他的名字总在红榜上高居榜首。他的教室在高三楼一楼的角落，那里有一棵泡桐，课间他常和同学在树下打羽毛球。他捡球、奔跑、跳跃，阮阮远远看着，心中有阳光荡漾。

秦川的座位靠窗，午休时，阮阮从窗下走过，他有时埋头演算，有时趴在桌上睡觉。他的桌上摆着一只红色的蜻蜓风筝，很多人桌上都摆着风筝。

阮阮的教室在高二楼三楼，座位也靠窗，正对着大操场。这天下午，秦川他们班上体育课，阮阮看到，风筝在操场上空漫天飞舞。她看到了红色蜻蜓，看到了秦川。他拽着线追着风筝奔跑。忽然，线断了，红蜻蜓飞到阮阮窗前的梧桐树上卡住了。下了晚自习，阮阮站上窗台，一手抓窗框，一手尽力伸长，她取下蜻蜓缠在单车上，一路唱歌回家。

六月，高考将至，阮阮又从秦川的窗外走过。秦川正在整理书桌，他无意间抬头，与阮阮的目光触碰，阮阮没有闪躲，她笑着说："学长，祝你考试顺利！"

八月，阮阮一个人来到学校，校园空空荡荡。红榜上，秦川的名字赫然列在第一排，他考了A大，A大在他们的省会城市锦川，A大是全国名校。

阮阮走到他的教室外，教室里空无一人，黑板上写着一首词：一片春愁待酒浇。江上舟摇，楼上帘招。秋娘渡与泰娘桥，风又飘飘，雨又萧萧。何日归家洗客袍？银字笙调，心字香烧。流光容易把人抛，红了樱桃，绿了芭蕉。

她望着秦川的座位，座位上再也没有他高高瘦瘦的身影，她很伤感。

九月，阮阮也搬到了高三楼。她不时想起他，猜想他在大学的生活。她也会想，要是她也能考上 A 大该多好。

十月，闺密去锦川回来，带给阮阮一套 A 大风景书签。闺密成绩很好，一直向往 A 大。阮阮祝福她，却为自己气馁，阮阮的成绩不够好。

“我还碰到校友了哦！”闺密说，“就是秦川啊，他是我们学校唯一考上 A 大的！他就在 A 大后街的书店打工，书签就是在那儿买的。”闺密不知道阮阮的心事，阮阮掩藏得很好。

阮阮抚摩着书签想，他在那个闪耀的地方，她能够抵达吗？她不确定，但她想努力。

她把自己埋在高高的习题集后面，背书，做题；她一边飞快骑车，一边大声读英语；她不再看电视，玩电脑，漫画书也收进抽屉。

五月初夏，高考复习进入冲刺阶段，阮阮像一匹奔跑不息的马驹。她咳嗽、低烧，医生要她卧床休息。她却坐上长途汽车来到锦川。

她径直奔向A大后街。她找到了书店。店员说秦川的上班时间是下午四点到晚上七点。她在店里等。

她看到了一本插画书，作者是她学美术时的偶像。虽然她并不打算以美术为前途，但那份热爱和向往，仍在她胸膛里燃烧。

秦川还没有来，她拿出笔和本子临摹插画。

“你画它干什么?”一个声音在她背后响起。

她回头一看，眉目清朗的一张脸，秦川！她又惊又喜，脸颊绯红声音发颤：“这些插画很好看……”当然还有原因：这本书太贵，她要是买回去，路费就不够了。

“我记得你。”秦川笑着说。他又问她怎么在这儿，她慌乱地说路过。她不能说只想来见他一面，连来A大参观这样的借口都不敢说。

末班车时间快到了，阮阮转身要走，秦川却叫住她：“等等。”

他拿着书走向收银台，自己掏钱买下，他说：“送给你。也祝你考试顺利。”

阮阮傻了，她傻傻地点头致谢，傻傻地走出书店，她在五月的阳光里奔跑起来，在未来很远的路途上，她都会以这样的姿态，朝他狂奔而去。

阮阮没能考上A大，她考上了C大，C大也不错。这样的成绩高出父母的预期也让老师震惊。C 大在洛城，与锦川的距离是四小时的城际列车。

她打听到秦川的联系方式，给他发邮件，说谢谢他送的书。他回邮件说不用谢，说他一直记得他高考前的下午，她从他窗下经过，对他微笑并祝他考试顺利。

他们有了淡淡联系，像寻常朋友。

阮阮大一的寒假，秦川没有回家，他留在书店全天打工。他的父母分开各自有了新家。他们都无暇照顾他。然而他从不怨天尤人，早早学会了自立。这让阮阮对他在喜欢之外，又多了钦佩与心疼。

寒假还未结束，阮阮便回到学校。元宵节这天，她做了汤圆，用保温饭盒装好，乘坐列车去看秦川。天气诡异，途中竟下起大雪。因为大雪，火车晚点。当她到达 A 大后街，已是晚上九点。

阮阮抱着饭盒在雪花飞舞的街上踉踉跄跄奔走。她过年时崴了脚，还没好，奔走起来脚踝生痛。但她清楚自己在做什么，她正踉踉跄跄却又坚定不移地朝着模糊的美好奔去。

书店已经打烊。她打秦川宿舍的电话，无人接听。她坐车返回洛城。她在车厢里吃汤圆，汤圆还有淡淡微温，那么甜，她心里却那么凉，那么酸。

如果她勇敢一点，早点告诉他，喂，秦川，元宵节我们一起过；或者，她干脆说，喂，秦川，我喜欢你，元宵节我们一起过，结局会怎样？

阮阮更频繁地联系他，给他打电话、写邮件，和他聊天，除了没有说出“我喜欢你”几个字，她的一切行为都在表达：我喜欢你。

秦川再迟钝也感知到了，但他茫然无措，他不清楚自己是否喜欢阮阮。或者，他是否像阮阮喜欢自己一样喜欢她。又或者，他们合适吗？他们对未来的期望一致吗？他想得太多，反而畏首畏尾。

阮阮却勇往直前，她提出在他生日那天去看他，陪他吃蛋糕顺便参观他的学校。他答应了。

秦川的生日是十月十二日。这天天晴，阳光像金子一样灿烂，火车也没有晚点。阮阮在午后抵达书店，但他不在。她打他的电话，他的室友说他电话忘带了，他在实验楼 312 室。

阮阮跑进 A 大，找到了实验楼。实验楼是老建筑，设计复杂得就像一座迷宫，阮阮怎么也找不到 312 室。楼里空旷冷清，光线昏暗，不时有脚步声传来却看不到一个人。

阮阮害怕了，她想出去，可她兜来转去连楼梯口也找不到了。

她顿时觉得自己好狼狈。明明说好了，他为什么会忘记？因为他不在乎，他不在乎生日，更不在乎她的心意。她好想哭，可哭起来只会更狼狈。

忽然，她看到了312室。门虚掩着，她推开，一个男生背对门正在做实验，一个女生低头在本子上记录，两人看起来很默契。

男生是秦川，女生抬头发现了她。她放下蛋糕，匆匆跑下楼。秦川没有追上来。

她在大街上飞奔，牛仔裙在风中飘荡。她忽然想，如果不是喜欢他，也许她正和另一个男生在阳光下牵手散步欢笑。

秋天这么美，青春这么好，她应该欢笑。

阮阮尝试放下，她不再给秦川写邮件、打电话。秦川联系她，她也淡淡敷衍，但他似乎并不在意，也从未提起十月十二日他爽约的事。

阮阮开始做她很喜欢但荒废许久的事。比如画画。她打开画夹拿起画笔，画心中的想象，也去郊外写生。她还将那本插画书的每一幅画都临摹下来，一张张上色，装订成册。

她也做那些她向往着却从未付诸行动的事，比如短途旅行。她去郊外的天然湖，在芦苇深处遇见了白天鹅；她去非著名峡谷，在山顶看见了隐藏的瀑布……

在做这些事时，她也常想起秦川，也会想如果有他分享该有多好。但她更清楚，她做这些，再也不是为了他。她为自己，原来也有不同的自在精彩。

寒假，秦川给她电话，祝她新年快乐，然后他说："对不起，十月十二日，我忘记了。"

阮阮错愕："你到现在才想起?"

"不是，师妹刚告诉我，那天的蛋糕不是她买的，是一个女孩放在门口的，我猜只能是你。"

阮阮淡淡地回了："哦。"

秦川又说："我做一只风筝，天气预报说明天天晴有风，我想和你放风筝……"

阮阮望着那只红蜻蜓，它落了灰，有些褪色，它忽然在她的心中飞扬起来。

她说"好"，并和他约定明天在琴山公园见面。阮阮将红蜻蜓擦去灰重新上色，她想，明天，她一定要告诉他，我喜欢你。

第二天，天空飘起细雨，空气潮湿无风。但阮阮还是去了公园。她从清晨等到中午，秦川没有来。她明知他不会来了，但她还是一直等到傍晚。

这时他打来电话，说："今天下雨，你没去吧?"

"嗯啊，没去。"

"我们另外约时间好吗?"

"不好。"

阮阮将红蜻蜓放起来，蜻蜓飞上高空，她果断地咬断了风筝线。她不会再和秦川约时间。她一腔热情，坚定奔跑，而他不知所措，自相矛盾。这样的暗恋，真是辜负大好时光!

阮阮和秦川逐渐断了联系。

一年之后，阮阮在网上看到秦川的消息，他将去国外读研，全奖待遇。旁边还有他的照片。她蓦然发现，照片里的他，表情坚毅，轮廓硬朗，俨然成熟男子。他已不再是她记忆里那个眉目清朗的蓝衣少年。

她跑去照镜子，镜中也不是那个羞怯慌乱的少女。

她恍然明白，她的暗恋奔跑，失望受伤，原来竟是她的成长，她的时光；而他不知所措，自相矛盾，努力奔前程，也是他的成长，他的时光。他们的时光和年少的他们一样，天真美好，不复再来。

她终于释怀，并落下泪来，她给秦川写邮件，说："祝你一切顺利。"（蒹葭苍苍）

我悄悄填了他的名字，此生再也放不下来

这份朦胧得不堪一击的好感，
以及那个年纪死也不敢承认的微妙情愫，
现在终于可以承认了。
淡淡的遗憾，也终于成了心里的一块石头，
此生再也不能轻易放下来。

当你长大了，当你老了些，人生会有其他的追寻，那些追寻并不比爱情逊色，甚至高于爱情。可是，假使一个人从来没有追求过爱情，就像一个人没有童年，毕竟是有点寂寞吧？

读高中一年级的一天早上，我突然在抽屉里发现了一个小本子。那是很普通的小号数学练习本，里面是满满一本手抄歌词，字迹歪歪扭扭，但很整洁。

看歌词的第一眼，我就知道是同学写的。我没有出声，欣喜地把本子藏进了书包。同桌是那种微显女孩气的男孩子，皮肤很白，眼睫毛很长，像洋娃娃。他从来不玩泥巴，也从来不流鼻涕，和那些脏兮

兮的男孩子很不一样。趁大家午睡的时候，我在寂静的教室里，陶醉地趴在桌子上，眯着眼偷看沉睡着的他的脸。多年后我想起那个画面，还是感到很温暖。

我的生命自此开辟出一片新的世界，此生从那个时候开始有了小秘密。后来我问他，你喜欢哪位明星呢？他说，我喜欢谢霆锋。我深深记下了这三个字，我心里默默策划，要回送一份让他惊喜的礼物。记忆中，我很多次跑到小卖部用攒起来的零花钱打电话，托在上海打工的邻居过年回家时，给我带一盘谢霆锋的磁带。多次这样央求后，邻居终于答应了。

竞选班长采用的是匿名字条的方式，我悄悄填了他的名字，放到了讲台上。少男少女的年华，男生和女生是对立的，女生选班干部都应该选女生，不然就会被嘲笑。

我感觉到讲台上负责收字条的班长看我的眼神，犀利如火。“慧慧选了男生!”她突然大声喊道。我感到整个世界一片眩晕，我的脸烫得快要烧起来。眼泪很快就掉了下来，我惊恐地看着整个班上的同学朝我嬉笑起哄。泪水越来越多，总也擦不完。我从来没有那么无助过，感觉自己快要死了。隔着眼泪我悄悄转脸望向同桌，他也茫然无措地呆在那里，不说话。班主任很快就为我们换了座位，还频频找我的家长谈话，神情诡异地窃窃私语，全是很严肃的样子。

寒假的时候，邻居从上海回来，带来了我期待已久的磁带。我清晰地记得包装盒是黑色的，谢霆锋戴着墨镜，故作深沉地歪着头。我欣喜不已，偷偷设想，在开学的时候我要怎么把磁带送给他。闲着没事的时候，我就把磁带放进家里古旧的录音机里一遍遍听，我听得很认真，用铅笔抄下歌词。

到今天，我还记得那首《谢谢你的爱》，也依稀能背出里面的几句歌词。我想，等我把礼物悄悄地送给他，他一定会很高兴。

差不多在正月刚开始的几天里，我终于完成了磁带里所有歌词的抄写。我记得里面有一些英文，我不认识，也不知道意思，抄得很生涩。我什么也不想，只想着让那个我喜欢的男孩开心地一笑。

我迫不及待地期盼着开学的日子，一天一天地数。可是，我再也没有看见过他，他转学了。我身边是满满一教室的人，可是我感觉自己像是待在空空的教室里，茫然若失。生命中第一个有模糊好感的男孩，居然像小说里写烂了的情节一样，转学了，消失了。

这份朦胧得不堪一击的好感，以及那个年纪死也不敢承认的微妙情愫，现在终于可以承认了。淡淡的遗憾，也终于成了心里的一块石头，此生再也不能轻易放下来。（芳慧）

来 不 及 说 爱 你

这些都是藏在我心里不曾向你言表的小秘密，既然不曾言表，
那就让秘密埋于时光之下，成为永远的秘密吧。
有些事情错过就是错过，我们再也回不到当初。

那些回忆里的你和我，明明只有短短几年，我却感觉像是过了几个世纪。

再见了，那些回忆里的小时光。不奢求做你回忆里的主角，只希望你想起我时，也会像我想起你时一样，是笑着的。

再见了，那些年，那个你。

我十五岁这年，和任何一个初二女生没有两样。但这一年我已升入高一。身形单薄、矮小的我在一群长胳膊长腿的女生中显得那样格格不入。可是我的书桌总是被男生塞满了零食，他们自然不是要关注像没长开的豆芽菜一样的我，他们喜欢的是顾熹微。

顾熹微长我两岁住在我家隔壁，小时候我总是拉着她的裙角，满心欢喜地叫着熹微姐姐。到她进了学校，再也没有时间陪我玩耍。我哭着闹着也要去上学，父母拗不过，只好托人把我送进了学校。

我终于如愿以偿地和熹微姐姐手拉着手去上学。顾熹微成绩优异、能歌善舞，还报了班学拉小提琴。我不一样，我做事总是三分钟热度，成绩也是时好时坏，有时甚至接近于惨不忍睹。

就这样我在顾熹微耀眼的光芒下一路跌跌撞撞地进了高中，那么男生对我的讨好无非也就是想从我嘴里套出关于她的事情。而我说出的也无非是她喜欢的颜色是紫色，想要上的大学是清华，这类无关痛痒的小事。

可就是这些无关痛痒的小事也让探听者甘之如饴。一群人围着我追问顾熹微家地址的时候，我正低着头费心尽力地解一个九连环。被问得烦了，我把手中的九连环一挥，谁能在下节课开始前把它解开，我就告诉他。

九连环被传了一大圈，在传回我手里时已经被完全解开了。解开它的人，是洛塘。

那个高高瘦瘦不爱讲话的洛塘，那个数学成绩好得一塌糊涂英语却糟糕透顶的洛塘，他也喜欢顾熹微？

放学的铃声响过，洛塘背着书包大步流星地走出了教室，他的腿那样长，以至于我要小跑着才能追上他。洛塘，我叫住他，你是不是也喜欢顾熹微?

夕阳微微斜照着，照在他身上，一层淡淡的光辉。洛塘没有转身，只是微微侧过头，声音清淡，不是。

我不由分说地走上前，抓过他的手，写下顾熹微家的地址，伊水路 26 号。喜欢就是喜欢，有什么不好意思讲出来的，喜欢顾熹微的人那么多，也不在乎多你一个。我童佳瑶是个言而有信的人，既然你解开了我的九连环，我就一定要告诉你。

洛塘看着我在他手上写下的地址，一脸的欲言又止。我抬起头冲他笑笑，转过身蹦蹦跳跳地离开。

在我抓过他手的那一刻，我看到，他手心的纹路细细碎碎，凌乱如麻。杂志上说，有这样纹路的人，定不会爱得果敢。我不知道自己为什么非要追上洛塘并且固执地把地址写给他。若是别人，我定会百般抵赖死不认账。许是这个眼神清澈的男孩，有些许和别的男生不一样的感觉。

顾熹微抱着厚厚的英语书拉着迷迷糊糊睁不开眼的我一路狂奔，赶公交车上学。下车时，顾熹微转过头，一脸惊讶地看着我，佳瑶，你出门没有带书包吗？我带了啊……边说边把手往肩上摸。啊！我恍然大悟后朝着公交车跑回去，没跑出几步就撞在了一个人身上，抬起头就看到了洛塘，他把书包递给我，脸上没有一丝表情：“呐，拿好了，这也能丢。”

我看着洛塘的背影暗自偷笑，到底还是跟来了，还说不喜欢顾熹微，口是心非的家伙！

这以后每一天的清晨，我都能在上学的公交车上看到洛塘，他坐在最后一排的位置，眼神专注地望向窗外。

多数情况下，因为我赖床的缘故，赶上公交车的时候已经没有座位了。而这时，洛塘就会站起来，把座位让出来。顾熹微推我坐下，和洛塘一起并肩站着，车身的摇晃会带着顾熹微一起摇晃，偶尔碰到洛塘的身体。洛塘就会惊得一脸的手足无措。

而我对着手机堆了很久的俄罗斯方块会在我望向他们怔忡的一刻突然死掉。窗外阳光明媚，公交车驶过，一树一树的花开纷乱地后退。

时光静静流淌而过，依然有大把的男生写情书送礼物给顾熹微，但她就是不为所动。顾熹微与生俱来一种独特的气质，学习成绩又好，秉性温和，待每个人都很好。我想，若我是男生，定是也会喜欢上这样的女孩。

我依旧在每天清晨睡眼惺忪地跑上公交车，依旧在座位上不厌其烦地堆着俄罗斯方块。除了道路上那些树由绿变黄，一切似乎跟以往没什么不一样。可是又有什么东西在暗自变化着，夏天过去了，我们由高一升到了高二。嗜睡和对甜品的偏爱让我疯狂地生长，长到和顾熹微一般高，可是我依然瘦，似乎一阵风就能吹走。顾熹微和洛塘在长久的并肩站立中，似乎形成了某种默契。他们低声交谈着，顾熹微带着温婉的笑，风吹起她耳畔的发丝，宁静而美好。

是从什么时候开始，他们变得这般亲密无间的呢？

是从那场大雨开始的吧。六月的天气是如此的善变，当所有人都沉浸在顾熹微美妙的音乐中时，天空有大片的乌云压过，轰隆隆地下起了暴雨。人潮瞬间变得混乱。我在混乱中挣扎着向舞台走去，看到舞台上的顾熹微在拥挤的抢搬设备的人群中，抱紧了手中的小提琴，像只受伤的小鹿。我疯狂摇晃着自己的手臂，顾熹微，我在这！她惊喜地抬头看我，然后我就看到洛塘像是一阵风，一个箭步跨上舞台，脱下了自己的衣服，披在顾熹微身上，然后护着她下了舞台。

那是混乱中的一幕，并没有人在意，可是我却看得清楚分明。突然想起，以前曾经问洛塘，为什么喜欢而又不去追，难道不怕顾熹微被别人追走吗？沉默良久，洛塘才说，有些事，你不懂。

我是不懂，为何你们都这般要好了，你却还是迟迟不肯向顾熹微告白？

直到那个清晨的来临。

我们像往常一样走进教室，黑板前密密麻麻地围了一堆人，拨开人群，看到上面赫然贴着一张照片。照片里，是顾熹微安静美好的侧脸，她眼睛明亮，嘴角含笑。我在她旁边靠着窗睡得正甜。照片下还有一行粉笔字：洛塘爱顾熹微。

哦，原来迟迟不肯告白，是想用这种与众不同的方式向全世界宣布他爱她吗？

可是，洛塘却满是愤怒地冲上了讲台，用力地撕扯下照片，冲出了教室。我扭过头去看顾熹微，她并没有生气，神色里满是关切和担忧。

后来我才知道，是洛塘不慎把手机丢失，捡到手机的好事者便把里面的照片翻了出来，大做文章。

我偷了爸爸珍藏的葡萄酒，塞在衣服里，躲过顾爸爸顾妈妈的眼，进了顾熹微的房间。我央求她陪我喝一点，她终于点头。那夜，我好像喝了很多的酒，一直喋喋不休地在讲话，她并没有察觉我细微的变化。我很想和她说，爸爸说年后我们就要搬去昆明了。如果已经没有了明天，就让我们今朝有酒今朝醉吧。

整个城市进入十二月，大家都进入了紧张的期末冲刺。我把顾熹微从厚厚的习题书中拉出来，软磨硬泡地让她陪我去电影院看最新的电影。

我在满怀爆米花甜腻的味道中给洛塘发短信，自从那次的照片事件后，他就再也没有和我们坐过同一班公交车。我甚至不确定他能不能看到这条短信。可是，我只是单纯的，想到发给他。

我说，刚看了一部电影，里面的男主角和你很像。你一定要像他喜欢女主角那样一直喜欢顾熹微。

从电影院出来的时候，街上很冷，呵出的白气成雾，恍惚了整个冬天。手机响起，洛塘久违的声音便传了过来。

他说，童佳瑶，有件事，我一直想要告诉你，我从来没有喜欢过顾熹微。我喜欢的人是你，是那个天真单纯又迷糊可爱的你。他说，我是看到你整天对着九连环愁眉不展才去解开它的，我的初衷并不是要什么顾熹微的地址。我是为了你才每天走两站地和你搭同一班公车，想要占最好的位子给你。甚至那张照片，我只是想要拍下靠着窗睡得一脸满足而安然的你。他说，我补了卡号，是不想断了和你的联系。好几次想把这一切向你说明，可终究是没有勇气，你终于来信息了，可是你却说，你要一直喜欢顾熹微。你知不知道，我喜欢的那个人，一直都是你……

我对着手机大声地喊，喂！喂！你说什么呀？这里信号不好，听不到啊！然后轻轻地按了挂断键。我的毛线帽子上那两个深粉色的小球一直在我胸前晃啊晃，一同晃落的，还有我再也忍不住的眼泪。

三月，昆明。我在父母的安排下，进了新的学校，并且留了级。这是一个四季如春的城市，阳光慵懒而暧昧，很是适合回忆，我闭上眼，那些过往便铺天盖地纷至沓来。

缠绕的九连环，写在手掌上的地址，遗落的书包，并肩站立的两个人，优雅的小提琴，瓢泼的大雨，黑板上的照片，艳红的葡萄酒。

以及，那个喝醉酒的夜晚，我问，顾熹微，这么多年追你的男生这么多，你有没有喜欢过谁？良久，顾熹微放下了小提琴，她坐到我身旁，拂去我耳畔凌乱的发丝，她以为我睡着了，便自顾自地呢喃，是啊，这么多年追我的男生这么多，可是我从没有想过自己会喜欢甚至爱上一个人。可是洛塘的出现，是个意外。你知道，我从不允许自己的人生有半点失误。可是那场毕业晚会，是我一生中最窘迫的时光。那天那场大雨，我抱着小提琴不知所措，慌乱中，不知什么东西弄掉了我礼服后背上的拉链，后背便一下子挣开了，是洛塘，在最危急的时刻冲了上来，把他的外套披在我身上。我想，我是真的爱上他了……

我书桌上的九连环在阳光的照耀下闪着柔和美好的光芒。洛塘，我一定不曾告诉过你，你是第一个解开我的九连环的男生，也是第一个走进我心里的男生。我也一定不曾告诉过你，当年我写在你手心里的伊水路 26 号是我家的地址，顾熹微的是 27 号。这些都是藏在我心里不曾向你言表的小秘密，既然不曾言表，那就让秘密埋于时光之下，成为永远的秘密吧。有些事情错过就是错过，我们再也回不到当初。

后来，我接到顾熹微的一通电话，她在电话那头哭泣，不停地说着，对不起，对不起……聪慧如她，定是知晓了这一切。我在这边安静地听，目光落在人群穿梭的窗外，偶有时光倒流的错觉。

挂了电话，我看着手心里那个闪亮的九连环，轻轻一动，它就把阳光反射到了我的脸上。我的嘴角不自觉地上扬，眼里有泪光闪烁。

顾熹微，请你，坚定地，勇敢地，去爱吧。连同我的那份，一起去爱。（叶微凉）

我还有麦田的颜色

那些低回婉转的岁月，那些画满红心的信，
和那些带着泪水的录音，
虽然那时总是忧伤，但真的是我一生中最美好的时光！

成长最残酷的部分就是，女孩永远比同年龄的男孩成熟。就是这种成熟，让男孩招架不住。在成长的过程中，女孩总是比男孩成熟，所以她们注定要承受男孩不够成熟带来的伤痛，而男孩也要经历承受不住女孩的这种成熟而带来的伤痛，彼此承受的伤痛太多时，自然就会选择放手。而和女孩在一起时的点点滴滴磨砺着男孩日渐成熟，但是当他长大成熟后，爱的那个人却不再是当初那个教会他如何去爱的女孩。

马思思也不知道自己是从什么时候开始留意宋其的。只知道有一天晚上做梦，没有任何预兆地，他就出现了。在梦里，他穿着松垮垮的白球服，额发长长的，蘸着汗水，右手捞着一个篮球。他朝她走过来，一边走，一边扑着球，偶尔漂亮地旋上一圈。

醒来以后，马思思再没入睡。她想到宋其，那个俊美的、长身玉立的少年，那个将篮球玩得风生水起的少年，那个喜欢抻长脖子唱歌但每次都唱跑调的少年，那个迟到后猫着腰从教室后门像条泥鳅一样溜到自己旁边座位上的少年，那个喜欢武侠小说喜欢穿白球鞋喜欢吃煮粉喜欢把椅子向后仰到极致却始终摔不下来的少年……

她想啊想啊，想得自己怦然心动。一簇新鲜欲滴的心事，就这样缓缓诞生，像一朵蓓蕾一样，开放在这个暗夜的高中校园里。

第一线晨光映入窗帘的时候，校园还未完全苏醒，马思思便扑进洗手间洗漱，洗完后就冲出寝室门，多待一秒也不行似的。外面是一抹陈旧的天，灰暗高阔，人世一如既往。但奔跑在林荫道上的马思思觉得，这是一片新天新地，空气柔软，花朵燎烈，植株的叶子撒开了手脚直向天空蹿，绿得不可收拾。

多么深情啊，她想，我的青春就要正式开始了。

跑了两圈后，初阳泼泼然升了上来。她站在夹竹桃的树荫下，等待早操的开始。远远地，宋其正在篮球架下练习扣篮。马思思兴奋地走了过去，带着秘而不宣的心事，和一脸丰沛的笑容。

“宋其!”

他转过头，额发长长的，蘸着些汗水，身上是松垮垮的白球服，和她梦里的一模一样。

“有事吗?”

他一边扑着球，一边说，声音里没有任何耐人寻味的意思。

马思思说：“没事，就是来看看打球。”他笑笑，没有再说话。她顽强地站了一会儿，终于觉得无趣了，默默转身离开。

尽管宋其没有回应以相同的热情，但马思思还是继续沉迷于一个人的独角戏。她看过电影、小说、电视剧，所有感人的情节里，都含有牺牲的成分。像那些伟大的爱情一样，她也愿意为爱牺牲、为爱而痛，哪怕没有结果。

“宋其来了吗？宋其走了吗？宋其在干什么？宋其啊宋其……”

她像个雷达一样搜寻他的身影，无论是课堂、周末、操场、食堂。遇上他不在，她的心便虚落落的，好像有一个巨大的罅隙，无底的，一直伸到虚空深处。风来风往，寂静荒凉。而眼前的一切也褪去了色彩，变成了乏善可陈的黑白。

但倘若他在，这乏善可陈的一切，又有了流光溢彩的意思。有时候遇上宋其的目光也落在她身上，她就会瞬间脸红起来，笑着，头低下去，就像有一条流满蜜的河流，蜿蜒在心脏深处。

有一回上英语晚自习，长得像一桩老树根的英语老太坐在讲台上，一边改作业，一边看管纪律。教室里一片肃静，所有人都在做着英语习题。这时，宋其忽然站起身，走到讲台上去，拿起一根粉笔，在黑板写下了五个大字：我爱你，妈妈。

满教室一片哗然，不知道发生了什么事。英语老太气得嘴唇发抖，把他叫到办公室，叫上众老师，盘点了宋其所有陈年旧事，围训了他三小时三十分零五十六秒钟，另外罚抄课文五十遍，外加早操时在主席台上向老师公开道歉等等，等等。

后来大家才明白，这是宋其和另一个男生的赌约：如果宋其敢到黑板上去写“我爱你”，那个男生就帮他打一周的饭。反之亦然。

宋其去了。但他给这句暧昧的、惹人浮想联翩的话，加了一个端庄的对象：妈妈。

然而尽管如此，马思思的内心还是开始翻江倒海：这一定是宋其的一种暗示，他说他爱妈妈，而自己姓马，妈和马是谐音，这是不是一种暗示，他在借机表达对自己的爱慕呢？但一转念，她又嘲笑自己的多情：马思思啊马思思，你真是傻透了，宋其性格这么直，才不会做这么迂回曲折的事。

那时候，五月的玉兰花已经开了，大碗大碗的花朵，映衬着天上流云。有时候会有一群鸽子低低地飞过，霞光万里，长风过际。马思思洗过澡，穿上一条棉布白裙，散着长发，抱着书从操场旁边经过。

一个球从球场中央滚过来，有人扬着声音叫她："嗨，马思思，把球扔过来!"

她抬起头，看见宋其正站在球场中央，像一棵白桦树一样卓尔不群，阳光从他的白衬衣上滑下来，在清白的水泥地面上盘旋流淌。马思思想：天底下最美的少年，应该就是这个样子了吧。

"嗨，马思思，别发呆呀，把球踢过来!"宋其又喊。

她忽然间惊醒过来，小跑步走近那个球，用她所能做到的最好看的姿势，抬起脚，把球踢了回去。球在空中划出一个橙色的弧，完美地落在篮架下。宋其仰起下巴，吹了一声长长的口哨。

后来，为了等待下一个突如其来的篮球，下一声悠长清脆的口哨，她变成守株待兔的农夫，带着一本书，终日坐在球场旁边的双杠上，一边晃着长腿，一边含着话梅，间或从书页间抬起眼睛，偷窥宋其在球场上腾挪辗转、跳跃穿梭。

然而，她的书读了一本又一本，捡球的事情却再也没有发生过。

周末的时候，她上街买日用品，满街熙攘，人群像鱼一样游过她的身边。她买了一碗红豆冰，坐在广场中央默默地吃，不远处有一个音像店在放着歌，一个乐队的主唱，说，最后一首歌，献给所有悲伤的孩子……

那时，天是阴的，有风把布幔子、柳树条、行人的衣袂裙裾吹起来。她忽然泪流满面，长发在脸上结成潮湿的一团。

说到底，她是一个羞怯的孩子。她没有勇气去问他，宋其，你是不是也喜欢我？每当她鼓起勇气站在他面前，就像忽然得了失语症，什么话也说不了，只是把头深深地低下去，低下去。

她只有用别的方式来验证。摘一朵野菊花，设定一个古怪的规则：如果花瓣是单数，就表示宋其也喜欢我，如果是偶数，就表示不喜欢。胆战心惊地扯到最后，都会引起一阵兴奋或一阵悲愁。她还玩过许多类似的游戏，上课铃响之后，老师还没来，她就对自己说：如果今天老师左脚先进门，就表示宋其喜欢我，如果右脚先进门，就表示不喜欢。入睡前她又冒出了一个新念头：明天食堂的饭菜里如果有虫子，就表示宋其喜欢我；如果没虫子，就表示不喜欢。

她孜孜不倦地把这个游戏和自己玩了一遍又一遍，虽然这所有的一切，都是一个女孩不能对人说的秘密。宋其，那个近在咫尺，却远在天边的宋其，一直都在秘密之外，和她的这一切毫无关系。

从城市的中央广场回去以后，暮色已经降临了。皓大一轮月，米黄的，光晕温存。教室里一个人都没有。她对着满地月光，点着红蜡烛，铺开洁白的信纸，开始写一封永远寄不出去的长信。后来，这些信她写了一封又一封，在每一封信件的末尾，她用红色的圆珠笔，郑重地画满了红滟滟的心。

那时候，班里还流行听一种迷你型的耳机，用电池的，可以播放卡带，也可以录音，虽然效果有点模糊。

马思思在暗夜里，用一个个的卡带，录下关于宋其的点点滴滴。她想：总有一天，宋其会听到我的心声，知道我是多么多么地爱你。直到毕业那天，她已经录好了二十八个卡带，塞了满满一抽屉。

"1998 年，3 月，21 日，有风，春寒料峭。宋其，现在已经是第二节课了，数学老师在讲函数，我没有听。我把操场上每一个人都看过了，没有你。天空忽然下雨了，你会和雨水一起来吗？一个小时过去了，两个小时过去了，你还没有来。宋其，你是病了吗？"

"4 月 29 日，夜已经深了，教室已经空无一人，我故意走得很晚。校园已经寂静下来了，窗子外面的夜越来越浓。我留下来的原因，只是因为想去坐一下你的位子。不过几步之遥，我却走得漫长而艰辛，仿佛千山万水，沧海桑田，都被我走尽了一样。宋其，你一定不会知道，当我在你的位置上坐下去时，我没有脸红和激动，我只是……只是不自觉地泪如泉涌。”

“5 月 3 日，阴雨连绵，内心忧伤。今天，因为做什么事都无法凝神，你的身影纷至沓来，让我很烦心。谁能告诉我该如何忘了你！”

那些年的夏天很隆重。粉紫色的天空中结着几团奶油冰激凌一般的白云，蝉的长鸣凄婉，蔷薇花开得很沸腾，一切都美好得让人迷醉。而马思思的青春，就在这样的写作和絮叨中，沉默又热闹地绽开了。

她确信自己没有错过关于他的每一个重要细节。她知道他所有的大事小事，她知道他服装款式和颜色，知道他最近读的小说和电影，知道他的爱好和梦想，知道他的小毛病和口头禅……对了，宋其在加速冲刺的时候，嘴巴总是高高地噘起，仿佛嘴巴在带头突飞猛进，既滑稽又帅气。马思思在无人的时候，不知道模仿过多少次这个动作——翘起嘴巴，甩动臂膀，然后，扑哧一下笑出来。

而所有的这一切，她都记录在她的笔记本和录音带里。

“6 月 16 日，这是有大月亮的夜晚，知了和青蛙一声接一声地叫着。宋其，你在做什么呢？我刚刚读完夏洛蒂·勃朗特的《简·爱》，这真是一本好书，她让我想到我自己。奇怪，今天晚上我忘记了悲伤。有人对我说，心不能太空了，必须注入新东西，否则它就会一个劲地装痛苦，沉甸甸的，让人越来越无法承受……”

“9月16日，雨丝纷纷，像泪水一样。宋其，今天在学校后门的小巷里，我看到了你，你站在树影里，倚着一辆自行车，路灯光线从稀疏的叶缝间撒下来。你在和别人说着什么，那么尽情尽意的样子。我从你身边走开，你也没有注意。宋其，倘若有一天我光彩照人，你会注意到我吗？”

后来，马思思开始忙碌起来，她学习舞蹈，学习声乐，她去图书馆读书，她参加学校的各种演讲和辩论，在联欢会上担任主持，她越来越自信，出尽风头，同时也越来越漂亮。许多男孩开始打听她的名字和班级，给她写情书，希望能和她约会。她像一道初生的彩虹一样，慢慢照亮这个闭塞的高中校园。

但马思思一直没有恋爱，她明白自己所有的努力只为了一个人。从前的时候，她是一只蹑手蹑脚的猫，但现在，她想像一只豹，优雅又强大地穿过生命最好的岁月，穿过宋其最柔软的情感。

“1999年1月2日，天气：多云，雪花纷飞。昨天晚上是学校的元旦晚会，我表演了独舞，我化了妆，穿上了表演服。宋其，我好看吗？在教室里等待演出的时候，我感觉到了你停留在我脸上的目光，你第一次看我那么久，1 秒，2 秒，3 秒……我本想继续装作若无其事，但我到底脸红了，我手足无措，于是抬起眼睛。你像受惊的小鹿一样逃窜。宋其，你永远不会知道，那一刻对于我来说，是多么地幸福。仿佛有人对我说：马思思，这个世界全是你的，全都是你的。”

时间一点一点地过去，三年时光一晃就过了。毕业的时刻已经逼近了。

校园里的银杏树叶纷纷下落，满阶金黄，搭配着赭红色的楼群，美得像是虚拟。

所有女孩子都在打毛衣，上下针，情侣扣，元宝针，平针，颗颗针，鱼网针，桃心针……但至于打给谁，她们自己都说不清。满楼里都是悲声，往往是一个人哭起来，所有的人就跟着落泪。更惊人的是，男生也照哭不误，那些平时看起来大大咧咧，什么也不在乎的男孩们这时候心都软得一塌糊涂。有天黄昏，男生女生们在宿舍楼前对歌，一首又一首的情歌，唱得七月的天空都快要融化……

马思思决定，在最后那一天晚上，她要把三年以来的柔肠百结、欲语还休，都告诉宋其，她要给他自己写的所有日记，录下的所有卡带，告诉他自己曾经为他做过多么甜蜜而绝望的事情。

可是，马思思没有等到那个时刻。

“1999年7月6日，天气晴，今天所有同学都在哭，大家一边打包行李，一边流泪。宋其，我也很伤心，但不是因为离别。”

“昨天晚上，我们聚餐，大家都喝多了，我也是，我是故意的，我想趁着酒意告诉你：宋其，你知道吗？我就在你身边，像一株向日葵恋爱着一颗太阳一样，悄悄地喜欢了你整整三年……那天晚上，没有一个人回寝室睡觉，星光闪烁，月亮像一个多年前的泪渍一般，印在深蓝色的天幕上，我记忆中从来没见过那么凄美的夜晚。”

“大家在阔大的操场中央，把草席铺在地上，准备席地而睡。一床又一床的草席，遮蔽了整个操场。可是大家都不睡觉，都舍不得，这可是最后的夜晚了啊，从此以后，我们人海茫茫、各奔东西，也不知道什么时候能再相见。满操场的哭声、满操场的笑声、满操场带着醉意的混沌不清的唱歌声，还有诗歌的朗诵声、呕吐声，喃喃不止的絮叨声……”

“宋其，我在操场的人群中央，在玉兰花和夹竹桃的树丛间找你，在假山背后、在篮球架前找你，可是，我没有找到。宋其，你到哪里去了？”

“很晚的时候，王玲玲终于告诉我，说，你把自己和另一个女孩锁在教室，因为你一直都喜欢她，你向她做最后的表白。”

“宋其，那天晚上月亮很大，夏夜的灯火很悲伤，你看见了吗？在你热切地表白的时候，你不会知道，有一个女孩的心，悄悄地，在酷热的夏夜里冷下去了。宋其，此后人生迢迢，我们各自珍重，后会有期。”

这是马思思录下的最后一段声音。从此以后，她去了北大，宋其留在了家乡的一个大学，其他同学都在各自的道路上意气风发地走着。

马思思把所有信件和卡带收进一个酱色木箱，上面写着两个字：青春。多年以后，她已经成为一个专栏作家和省级电视台的主持人，气质优雅，谈吐出众，才华横溢，在任何场所，都能吸引住全场人的目光。再后来，她结了婚，丈夫是一个温存睿智的男子，追了她多年。结婚前一个月，她收拾旧物品，又看见那个酱色木箱。一掀开，多年以前的旧事纷至沓来，仿佛有一只温暖的手，从过去的岁月里伸出来，在她的心上摸了又摸。

如果没有那段暗恋，我还会写作，还会在屏幕上说话吗？她想了又想，终于否定。就像《小王子》里那只被驯养的狐狸，当小王子问它，那你还是什么都没有得到吧？狐狸说，不，我还有麦田的颜色……

就因为这点颜色，她成为现在的马思思，美轮美奂、与众不同的马思思，发着磷光的马思思，被老中青少各种年龄段的男人恋爱着的马思思。

十五年以后，他们高中同学聚会。十五年光景对永恒而言，不过弹指一挥，但这一挥里，包含太多的动荡，包含着太多人世分合递嬗。已经是一个中年男人的宋其走过来，他再也不是当年那个清瘦俊美的少年了，他做了公务员，似乎是一个什么乡长，已经发胖了，大腹便便，走路外八字脚，身体里有一种混浊的、内容不明的气息。

他在她的面前站定了，近乎谄媚地说："马思思，你真是越来越漂亮，念书时，你看起来很普通嘛，那么自卑瘦小，和现在相比真是判若两人。"

"其实，这一切都得感谢你。"

"我？"

"是的。你可能不知道，我高中三年一直在暗恋你。因为你，所以才不停对自己说，我要变得越来越好。"

她说起那些低回婉转的岁月，那些画满红心的信，和那些带着泪水的录音，虽然那时总是忧伤，但真的是我一生中最美好的时光！

宋其看着马思思精致得无可挑剔的脸，陷入一种恍惚，仿佛仍在那时那地，穿着白色棉布裙的马思思穿过校园，替他踢回一个滚落场外的篮球，她转身的时候，长发拂开，他看见那两片长年挂着的红晕。他从前觉得土气极了，现在才知道，在那两片夸张的红晕里，藏着那么多百转千回的秘密。

“真抱歉，我那时太不懂事，什么事都没为你做过，希望现在还有机会来挽回……”

“不，你已经做了一件最好的事情，”她笑，“你给了我整整一个青春的麦田颜色。”（周冲）

为爱做贼的少女

从头到尾，
莫小语自编自导自演了一出不能称作青春偶像剧的独角戏，
没有石破天惊的告白，没有阴差阳错的邂逅，没有催人泪下的结局。

那天早晨，莫小语站在走廊上，穿过嘈杂的人群时，碰巧和他的目光相遇了。瞬间，她脑海里的那些纸片小人纷纷谢幕，昨天和朋友争吵的不快烟消云散，对明天考试的担忧四散而去。一阵风刮来，他与她擦肩而过。

后来，莫小语发现他就在隔壁班，上学太过忙碌，谁会注意一个陌生人呢？

从此以后，坐在靠走廊的窗户旁边的莫小语偶尔会和他的目光相遇。电光石火的一刹那，她立刻低下头，假装什么都没发生。某一天，当她突然抬起头时，再次对上了他透过窗户的目光，这次她停顿了一秒，然后飞速转过头继续和同学讨论问题。

不过是个偶尔擦肩而过的陌生人，可是，她还是会在走廊上多停留两秒，看看他会不会出来打水；还是会在经过他的班级时，眼睛飞速扫过他的座位；还是会在走廊相遇时，匆匆走过，紧张得忘记了呼吸。

“好高兴，今天又碰面了。”她若无其事地快步逃离案发现场。

但不知不觉中，莫小语开始渐渐了解他了。他喜欢穿灰色或蓝色的衣服；喜欢各种运动；喜欢在响第一遍上课铃时接水；中午午休会迟到，因为他在打完铃以后才经过莫小语的教室；他学习很好，还参加了生物竞赛……林林总总一大堆，莫小语记得清清楚楚。

而且，莫小语有一些习惯就是在那时养成，比如说有时她会不由自主地往走廊外看两眼，比如说她对穿蓝衣服的人有莫名其妙的好感，比如说她非常喜欢学校的接水区，比如她喜欢季言。

老天爷还是眷顾了莫小语。那几天高二年级去别的学校参加考试，一向中规中矩的莫小语第一次做了“贼”。她从高二一班的窗户翻了进去，快步走到他的位子上，在自己马上就要吓得猝死过去时，终于找到了被他写得歪歪扭扭的名字——季言。

然后，莫小语通过名字成功地找到了他的个人网页。手在他的名字上停顿了大概一分钟，她才点开了那个网址，看到他记录的那些自己不知道的事隋。莫小语有些失落，但更多的是小小的欣喜，后来还特意检查有没有删掉自己的访问记录，可能他根本就不会在意。

一年转眼就过去了，莫小语明年开始就不那么容易看到上高三的季言了，可她并不悲伤。她一开始就没打算悲伤，她坚信喜欢并不需要有回应。

从头到尾，莫小语自编自导自演了一出不能称作青春偶像剧的独角戏，没有石破天惊的告白，没有阴差阳错的邂逅，没有催人泪下的结局。

在第二年春暖花开的时节，当莫小语再次在操场上看到他时，就像他们第一次相遇那样，阳光洒在地上反射出柔和的光，莫小语飞速跑过他的身边，在心里大喊了一声“喜欢你”。（佚名）

卷　三

如果你曾奋不顾身地爱过一个人

有一些人，他们赤脚在你生命中走过，眉眼带笑，不短暂，也不漫长。却足以让你体会幸福，领略痛楚，回忆一生。

姑娘，你是谁家的城堡

她笑起来与众不同，
眼睛眯成一条缝，类似猫科动物般的狡黠，
眼角弯成天然的弧度，轻巧地勾勒了笑意的轮廓，别有一番韵味。

也许终有一天我们会发现，我们那么怀念的，不过是当初的自己。那么，又有多少人以朋友的名义守护一个人呢，在美好的时光里？

那一年，一场名为青春的潮水淹没了我们。退潮时，浑身湿透的我坐在沙滩上，看着最喜爱的女孩子用力挥舞双手，幸福地踏向人生另一端。下一次浪来，会带走女孩留在沙滩上的美好足迹，但我还在。刻在我心中的女孩模样，也会还在。

刚入大学的一天，我端坐于书桌前，用无比笃定的语气说道："罗维维和其他的女生不一样。"

我的舍友兼最佳损友大东听完后，只拿眼角瞥了我一眼，幽幽地吐出来一句："孟大少这回栽了，能不找借口吗？"

理工科院校的传统是：后宫佳丽三千人，可惜均为男儿身。女生的数量少得可怜，"质量"也不敢恭维。所以罗维维的登场，在这样僧多粥少的大背景衬托下，就很有点戏剧女主角的意思。

那天我报完到，一个人无所事事地在校园里瞎转悠。正是八月末，夏天走到了头，树上的深绿色依然浓重，林荫道路真是一派好风景。

沿着路走到转角处，一个女生正踮起了脚，闭着眼睛凑近了低垂下来的树枝。经过她身后的时候听见一个微弱的声音，两个字很轻却拖得千回百转，"木——樨——"

木樨，桂花的别称。

我有一瞬间的失神。

那个女生就是罗维维。她那天的样子清晰地印在我的记忆中。高高瘦瘦，穿白色短袖 T 恤，蓝色宽牛仔裤，踮起的脚上穿着深绿色帆布鞋。

以上，并不是那么重要。

重要的是，她说出的并不是桂花，而是我喜欢的那个名字——木樨。

最重要的是，她闭上眼睛凑近花瓣的时候，微笑着，眼角勾起无比好看的弧度。

九月底，迎新联欢。向来不愿出风头参加任何演出节目的我，鬼使神差地报了名。只因为那天辅导员敲了敲讲桌，无比清晰地说："罗维维，你负责一下这次晚会节目的报名。"她低头在报名表上写下我的名字。"孟言晖，"她抬起头来笑着说，"名字很好听，是孟郊的'谁言寸草心，报得三春晖'吗？"生平还没有人对我的名字做过这番解读，我当时一愣，随即开口道："姑娘好眼力，孟某佩服。"她又一笑。我接着报曲目："《Wake me up when September ends》。"她旋即抬头定睛看我，又微笑着说："我也很喜欢这首歌。"

报一次名，博美人三笑，值了。

系内第一次新生见面会，当我从黑压压的一片人头中分辨出这是那天踮脚闻木樨花的女生时，就知道老天真心待我不薄。罗维维，软件工程专业。

整个九月，课下空闲的时候我就苦练吉他。迎新晚会校方很是重视，筛两次节目，我是罗维维报上去的人，丢不起脸，唯有苦练。

正式演出那天，我抱着吉他，弹得用心，唱得也动情。间奏的时候，罗维维捧着一束花上来了。她微笑着把花递过来。她笑起来与众不同，眼睛眯成一条缝，类似猫科动物般的狡黠，眼角弯成天然的弧度，轻巧地勾勒了笑意的轮廓，别有一番韵味。

那天闻木樨的时候就是这么笑的，写我名字记歌名的时候也是这么笑的。

我鬼使神差地站起来抱住了她，中间隔着花束和吉他。她明显有挣脱的趋势，却很快平静下来。等我意识到我做了什么的时候，已经是大脑空白几秒之后的事情了。“抱歉。”我连忙松开她，接过花。她清清淡淡地回了一句：“没事。”转身下台时，台下已经哄然一片了。

我这人天生皮厚，可也架不住晚会后好几天的全校目光锁定追踪，走哪儿都像被打了聚光灯。我当机立断，除了上课之外全天在宿舍驻扎，支使着大东带饭带菜，顺带汇报敌情。

大东带回来最重要的情报莫过于：罗维维小姐的作息时间岿然不动，面色如常地从一排排目光面前穿行而过，用他的话说，罗维维简直就是一个无坚不摧的城堡。

我苦笑一下，我也不是看不出。开学不过一个月，罗维维早已被封上系花的名号，却没有一个人敢展开行动。

不是怕伤了兄弟情谊，而是怕输得一败涂地。

罗维维上课时坐在前排的位子，认真听课记笔记。偶尔和同寝室的女生一起走，大多数时一个人独行。路上偶遇会微笑着打招呼，礼貌客气，有种天然和别人隔开的距离。

她并非带刺，只是别有根芽，不是人间花。

我给她发短信说抱歉，她回应得异常简单，和当天台上如出一辙——“没关系。”

虽然我和罗维维的绯闻是淡下去了，可遇着什么事，全系起哄的呼声也绝不会少。

十月中旬开运动会，她举着系牌在计算机系方阵前领队，我在旁举着旗子，两个人孤零零地站在大队伍的最前面走着。十一月初开校际辩论赛，她开篇，我总结，一头一尾，中间夹着两个男生。十二月初校园歌手大赛，我被几个哥们儿逼迫着去罗维维那里报了名。“到时候还让罗维维献花！”大东情绪激昂地挥动着胳膊。

我却已然没了当初的热情。越接触她，越觉得前路艰辛。

罗维维虽不擅长运动，却很喜欢看比赛。她尤其爱看跳高，看到漂亮的飞跃时双眼明亮得发出光芒，一个人情不自禁地连声称赞：“好厉害，好厉害！”然后啪啪啪地鼓掌。不经意间回头看到身旁的我，不好意思地笑了一下。

我和她相处久了也算熟了。她喜欢看书，而且什么闲杂书都看。我们相谈甚欢，天文地理，横贯古今，全都能说上一说。

罗维维是有种纯天然的距离感，但是并不是拒人千里。我最初被她的笑容所吸引，后来慢慢发觉，讲话时能和我一唱一和，配合得天衣无缝的女生，大概只此一个了吧。

我不打算回头。

大一下学期我开始约罗维维出去玩，她不怎么拒绝别人，可能因为连试图约她的人都很不多见。可我更愿意把原因解释为，她不讨厌我。

约她看电影她会挑片，因为最后她一定会 AA 制。吃饭也是一样，她在网上搜各种不同的特色店铺，一个一个去吃，结束时依然是 AA 制。她喜欢去国家图书馆，我也陪，只是结果通常是一人一本书，半天不说一句话。

我们就这样在大北京里跑东跑西，跑了近乎一年。跑到让我觉得，我们简直就像在谈恋爱一样，只是差了一个名分。

那天我们逛了恭王府回来，我异常认真地看着罗维维，头脑一热突然开了口："罗维维，我们现在简直就像在谈恋爱一样。"她正挑着魔芋丝往嘴里送，抬头看了我一眼，带着仿佛是在思考的表情：

“也许，是有点像。”“我喜欢你。”我郑重其事地对她说。“我知道呀。”她的语气波澜不惊。“然后呢?”“孟言晖，你是个很好的人。没有然后了。”她把最后一点魔芋丝也吃完了。

被罗维维发了好人卡的我元气大伤。幸好接踵而来的就是大二下学期的期末考试，我心无旁骛地复习迎考，暂时将罗维维放在一边。罗维维聪明，成绩一直很出众。而在这点上，我可不想再输给了她。

大三开学没多久，我正在校园里溜达，余光却不小心瞥到前面道路上一个熟悉的身影。大脑还没反应过来的时候，我已经站在那两个人的面前了。

是罗维维和一个我从未见过的男生。他比我略矮，但的确气质出众，站在那里一副笃定而又自然的姿态。

罗维维挽着那个男生的胳膊，绽开笑容，亲近得就像情侣一样。

虽然大脑中已汹涌澎湃，我还是靠自己从小养成的良好修养克制住了情绪，等着罗维维解释。她看到我反而笑得更开心了，手一指我：“孟言晖，我同班同学。”手一挥向着身旁的人，“许诺，原来住我家楼上的哥哥，路过顺便来看我的。”许诺很友好地伸手过来，并且意味深长地看了我一眼，笑道：“男朋友?”

我生平第一次从她眼中看到了一丝惊慌。她拼命摆了摆手，矢口否认："怎么会呢？不是不是，只是好朋友而已。"

我突然有了一种不好的预感。最糟糕的是，我的预感向来很准。

从他们断断续续的交谈和介绍中我听了个大概。许诺大罗维维三岁，从小一起长大，去年大学毕业去美国读研，这次顺路来北京看看罗维维，然后从北京飞去美国。

我们仨一起在校园里逛了逛。和许诺聊天是一件很惬意的事情，他仿佛什么都知道，天南海北地都能胡扯一通，比起我和罗维维丝毫不差，和我很是投缘。

许诺一路上说了不少话，他说九月初木樨花就开了，味道很好闻，他经过操场的时候说好怀念以前学校的运动会，他说北京的恭王府很有意思……

临走时是我送许诺出的校门，我看着他问了我酝酿了许久的一句话："你以前是跳高的吗？"他惊奇地看着我说："你小子眼力可以啊！"

果然。许诺继而拍了拍我的肩："罗维维是个好女孩，你要加油喔。"加油什么呢，我已彻底一败涂地。

罗维维是座城堡，坚不可摧，只因上面早已经写上了主人的名字：许诺，而已。我不想认输，但却真的输给了一个女孩子长达数年的暗恋。

罗维维多残忍，她只望向一个人，一步一步朝前走，练就一副铜墙铁壁，不留给别人一点机会。

我却舍不得看她一个人坚持。

其实也没有什么不同，她从来没有喜欢过我，而我也从来没有不喜欢她，我陪她倔强地执着，心甘情愿。

她大三开始拼命背单词，泡图书馆，考托福、GRE，写申请，一心一意去美国留学。我当然很清楚她这样做的原因。我什么也没说，只是依然陪她去图书馆自习，空闲时陪她去电影院，找北京大街小巷的美食，她依然笑得美好，我们俩说话配合得依然无比默契，一切仿佛未曾改变。

罗维维大四时拿到了伯克利大学的Offer，欢天喜地。而我在她之前，被确定为保研的人选。最后的那个学期过得轻松无比，我们都是各有归宿的人，按照各自的路朝前走，分道扬镳。

临毕业，最后的最后，我在学校那棵巨大的桂花树下问罗维维："你喜欢许诺，对吧？"

那个骄傲的女生第一次脸红了一下，看着我说："我就知道像你这么聪明的人，一定猜到了。”然后她很认真很认真地看着我说，“孟言晖，谢谢你喜欢我。”

她踮起脚，抱了我一下。那一瞬间我仿佛闻到了木樨的花香。

大四的毕业晚会，我被邀请献唱一曲。表演当天，舞台的灯光静静地打在吉他上，下面黑压压的模糊的一片，分不清谁是谁。我开口：“今天，我弹一首我自己写的歌，想送给一个人。”大学的最后一首歌，我拨了弦。

“姑娘你是谁家的城堡，那天阳光正好，木樨已开在转角。姑娘你是谁家的城堡，你何时才知道，我想带你一起逃，直到最后世界静止，即使不会再遇到另一个你可我愿意放弃。”

我看到被大东他们推上来献花的罗维维，犹豫地四处张望着，第一次不知所措，手上抱着一束巨大的花。她微微红了脸，面颊上的泪痕清晰无比，眼眶里发着光。

我看她窘迫无比的样子，笑着说：“罗维维，你还是笑起来比较好看。”她低头抹了一把眼泪，将花束推过来。我站起来，抱住了她。中间隔着花束和吉他，就像第一次一样。

我在她耳边轻声说：“罗维维，我喜欢过你，我一点一点，都不抱歉。”（陆二三）

你的口袋里有没有揣一首老情歌

有时爱一个人，犹如行走在黑暗的三岔口，
你不知道下一秒钟会遇到什么。
但爱情至此，也必将完结。

俞斯远进场的时候，电影已经开始了。他抱着篮球从后门走进黑黑的小礼堂，只有前面屏幕闪光。篮球从手中滑落，正好砸在一个女生腿上。他咧咧嘴，点个头，算是道歉。

顺势坐在女生旁边，屏幕上是一对情侣，咿咿呀呀地唱着，俞斯远一句也听不懂——是法语。电影还没结束，他觉得闷，抱起篮球就走。篮球又准确地砸在了女生的腿上，这一次，他小声说了句抱歉。女生把食指竖在唇边，示意他安静。

跑出礼堂好远了，俞斯远还在想着那个女生，刚才在暗暗的礼堂看她的侧脸，真好看，头发上还有淡淡的柠檬香。

第二天的法语爱好社，俞斯远又迟到了。一大群人跟着讲台上的一个女生读，热带么……热带么……

俞斯远溜到最后一排坐下，拍拍同桌的胖子，这啥意思？你好。胖子肯定地回答。俞斯远在心中念了两遍，然后站起来，冲着讲台上的女生大喊，热带么……教室里瞬间安静下来，继而笑声涌动，男生们吹起口哨。女生脸一红，把食指竖在唇边。

原来是她啊。

俞斯远知道了，热带么的意思不是你好，而是我爱你。而这个名叫张蕴的女孩，是法语爱好社社长，她高中学了三年法语。

俞斯远是那种雷厉风行的人，他在凉水管下冲了半天头发，浑身湿漉漉地跑到花店买了玫瑰，一溜烟儿蹿到张蕴的宿舍下，直着脖子喊：张蕴，我是俞斯远。

一下子创造了两个纪录。张蕴是二号楼第一个收到花的女生，俞斯远是第一个站在女生楼下表白的男生。

再去法语爱好社，张蕴浑身不自在，有人打趣，你的俞斯远还没来呢。她就会反击，什么啊，他和我没一点关系。

俞斯远最大的爱好就是迟到，开班会，系里新生见面会，初级党校……一路迟到，不过他参加法语爱好社很准时，来了就坐第一排，看着讲台上的张蕴，目光灼灼。

那天下了课，张蕴走到门口，冷不防被谁拉住了手。

“热带么。”俞斯远说。

可能是吃惊，但更可能是厌恶，张蕴的脸变得很难看，她甩开他的手，跑走了，看她的背影，好像在抹眼泪。

俞斯远想，自己太唐突了，她不是那种轻浮的女孩。

之后几天都没看见俞斯远，张蕴隐隐有些失望。有天法语社活动快结束的时候，俞斯远额上贴了一枚创可贴，瘸着腿一拐一拐地进教室，把张蕴吓了一跳。他伸出手，递给她一个东西，是一支口红，淡淡的梅紫色，正是她最最中意的颜色。记得那次看电影，张蕴指着女主角的红唇，悄声说了句：真好看。

拿还是不拿？张蕴一时有些犯难。从小到大，她从来没有接受过任何男生送的任何礼物，在她心里，天下的男人一样坏，莫不是为了各自欲求接近女生。可是眼前这个男生，好像有点不太一样，他的眼睛里，总是泛着真诚的光。

最终张蕴还是拒绝了他。她高傲地走出教室，高傲地坐上公交车，只是车开动的一瞬，伴着巨大的引擎声，她的心一下子揪了起来。

她的目的地在城郊，那里有本市唯一的精神病院，妈妈就住在里面。从记事起，她就活在父母无止境的争吵中，爸爸一直想离婚，但妈妈死活不同意，一直到她上了大学，妈妈的神经出了点问题，这婚，更离不掉了。

为了买到这支唇膏，俞斯远托远在上海的同学跑到南京西路，照着时尚杂志上的色号买回来。快递公司不寄化妆品到学校，他拿着包裹单急匆匆地去邮局，路上骑得太快，没留意就和一辆电动车撞上了，整个人摔在地上，脸刮花了，脚崴了，但那支唇膏，完好无损。

张蕴实在是太冷酷了，舆论已经普遍认为，放着俞斯远这样好的男生不要，张蕴的眼光有点太高了？后来有人说，张蕴其实有男友。这话终于传到俞斯远的耳朵里，十九岁的男生，第一次尝到了失恋的滋味。转眼到了大三，张蕴不再去法语爱好社了，她准备出国，去法国。

俞斯远把她堵在图书馆的门口，张嘴就问，你是不是要出去？两年过去了，他还是没学会怎样和自己喜欢的女孩说话，他总以为，和人打交道就应该直来直去，所有的兜圈子、打暗语，都是没诚意的表现。

张蕴扫了他一眼，他湿着头发，水嗒嗒地往地上滴，黑白分明的眸子里，竟有无处遁藏的悲伤。她没说话，点点头。

“那我也去。”这一句，俞斯远接得太快，有谁相信不经思考的诺言？

张蕴又高傲地走了。这一次，她的心里浮现出种种关于他的片段，雨天送伞，晴天送防晒霜，上完课买一份夹着鸡排的大饼鸡蛋……其实她是想说话的，她想问，你能一直爱我吗？话最终没有说出口，是因为，连她自己也不相信答案。

晚上，俞斯远和篮球队的兄弟外出吃消夜。在校门口，他看见一个穿着风衣的高个子女生，低头钻进了一辆黑色小轿车。

是张蕴。

那个瘦削的身影里，有令他刻骨铭心的美。从看到张蕴的第一眼开始，他就知道自己无法自拔。她高挑的身材，略带伤感的眼睛，她把食指竖在唇上的可爱，她转身抹眼泪的样子，她不可言说的那份骄矜，连在一起，就是他想要的感觉。

俞斯远掏出电话，打给张蕴，张蕴的口气有些紧张，我有事，不方便接电话，随即就啪的一声挂断了。

即使天大的爱，也容不得这灭顶的轻蔑。尤其是年少的爱情，虽热烈如火，纯粹如金，但也会因为太烈，而伤到自己。

无风不起浪，原来她真的和自己的想象大相径庭。俞斯远的手在口袋里握紧，细碎的粉末从手指缝露出，是一尊蜡质的玩偶。就是那个电影的女主角，张蕴喜欢她。

大四那一年，张蕴很少来学校了。她找了一份法语翻译的兼职工作，妈妈最终还是被抛弃了，现在只剩下她一个人，她怎能不管不顾。

离婚的消息是舅舅告诉她的，舅舅担心她接受不了，特地开车来学校接她，约在一间咖啡馆，告诉了她。张蕴在医院见到了妈妈，她眼角的鱼尾纹和微微干裂的嘴唇，看不太出难过的样子。晚上，张蕴执意多陪妈妈一会儿。她扶着妈妈在花园里散步，妈妈突然问，蕴蕴，你有男友了吧。张蕴摇摇头。

“年轻真好，我也年轻过啊。”妈妈说着居然笑了起来，这让张蕴的心里飘过一丝不安。那天晚上之后，她第一次感到自己无法面对未来。

俞斯远去了法国，巴黎的街区有高大的哥特式建筑，红色褐色的砖瓦，处处弥漫着浪漫的味道。他的法语日益精进，学习也很顺利，交女友，一个个，走马灯似的，她们的头发从金黄到橘红到浅褐色，都没有那种柠檬香。

五年的时光呼啸而过，现在，他每天对女友说，热带么——热带么——次数多得自己都记不住。很随意，很简单，就好像嚼一个口香糖，腻了，就换一个。

某天和女友看电影，随手抽一张碟。按快进的手停了，那么熟悉的场景，年轻的情侣唱着，咿咿呀呀的。他这才知道，很多年前看到的那个电影，名字叫《巴黎小情歌》。他的眼睛一直凝视着屏幕，却有咸涩的液体慢慢溢满眼眶。

最后，怀中的女友沉沉睡去，他听到了电影最后一句话，是一句很多年前就应该听到的却又被他错过的话——爱我勿太深，爱我要长久。

他的心，因为突如其来的记忆的潮而颤动，深夜寂静的空气中，只有他急促的呼吸。

他想他是真的爱过的，所以才会伤得那么深。

他不知道，有时爱一个人，犹如行走在黑暗的三岔口，你不知道下一秒钟会遇到什么。

但爱情至此，也必将完结。（锦上）

那青春的爱与忧伤

尽管，他与她的距离是那么近，
他在理科楼，隔着一个小花园，以及一段不算长的甬路，
就是学校的那座老式的三层文科楼了，
而她，就在那里。这是一段比青春更远的距离。

一时间，风生水起。

学校仿佛觉察到了什么，召开了纪律整肃大会，校长在主席台上高声叫嚷："谁要是搞对象，一经发现，立即开除。"气氛有些像这秋天后半夜的月，明晃晃的，泻在地上，是肃杀的凉，直凉到心底里。

他想起班主任晚上开班会时的神情，也是一脸的阴沉：早恋本来就害人，在高三谈恋爱，简直就是在自杀！班主任说这番话的时候，两只眼睛瞪得大大的，像两把冒着寒气的剑，仿佛要立刻处决了谁。

他有些不寒而栗。

他轻轻叹了口气。一扯被子，只一扯，被子便全笼在他的头上了。他想盖住自己躁动的心绪，但烦恼像露在外面的腿和脚，在月光的照耀下，发出刺眼的白。

断就断了吧，安心学习，对谁都好。给她写封信吧。想到这儿，他爬起来，拧亮手电筒，趴在被窝里，一字一句地给她写信。宿舍楼外，秋虫在低唱，有一声没一声的，有气无力，仿佛被什么踩住了喉咙。同宿舍的其他同学都熟睡了，除了偶尔的几声鼾声，这月夜静得有些凄凉。

第二天，他把信装好，一颗心也就装在了信封里。整整一天，他一点也没有学进去，只等着晚自习的到来。学校的操场与女生宿舍楼交叉处，有一个死角，没有灯。尽管教学处的几个老师一天到晚地转悠，但真正的死角，也只有恋爱中的人才会发现。晚自习课间休息的铃声响了，他第一个冲出教室。以前，那个死角里，总活跃着一些青春萌动的身影，当然，也包括他和她，而今天却格外冷清。

风在墙角处摩擦出呜咽的响声。他四下里看了看，没有发现她的身影。他已经捎话给她了，他没有别的意思，只想把手里的信交给她，当然了，还有他的一颗心。但课间十分钟，她始终没有来。

上课铃声响后，他没有跑回教室。他在那里呆呆地站了半天，实际上，他和她也没有发生什么，只是在这个黑黑的角落里，说过一些话，是关于学习的，是关于人生的，他们好像都没有谈过一个“爱”字。

但是，在那些日子里，他还是感受到了与别的同学交往不一样的东西。大约，这就是爱了。

他的心里空落落的，有些酸涩，有些怅惘，也有些悲凉。他在他们曾经走过的地方来来回回地走了好长时间，然后，一回头向教学楼的方向走去。身后留下的是比风还深沉的寂寞。

之后的日子，还是没有看到她。他只好在那封信上贴了一张邮票，寄给了她。尽管，他与她的距离是那么近，他在理科楼，隔着一个小花园，以及一段不算长的甬路，就是学校的那座老式的三层文科楼了，而她，就在那里。

这是一段比青春更远的距离。

高考结束了，一段写着青春、奋斗以及苦痛的日子结束了。他考得还算不错，被浙江的那所心仪的大学录取了。班主任笑得比花还灿烂，他把精致的录取通知书给了他，同时，还神秘地给了他一样东西。

是什么？

他有些惊诧。展开一看，是一封信，竟然是他写给她的那封信。他的心怦怦地跳起来，他发现，邮票是盖过邮戳的，信封也还是崭新的，就连他用胶条封得死死的信口，也一动没动，与他寄出之前一模一样。

那是青春的爱与忧伤啊！（马德）

青春的一个转身

爱，总要在来得及的时候说出来，
以为是一个转身，其实就是一辈子。

她很美丽，十六七岁的时候就清新地绽出花来。美丽的女孩子恋爱的总是早，因为追逐的男孩子太多，但她没有。

她的名字叫蓝。

高中毕业后蓝去很远的地方读了大学。

蓝的美丽给这寂寞的大学生们极大的意外，当新一届校花选举会把结果半是无聊半是认真地揭示出来时，蓝的名字高高居上，蓝笑了，却不理会。蓝的样子最终不再是枝枝丫丫的肤浅吸引，蓝出人意料地一次次拿下全院每一次征文的头奖，进而成为全系全院各种会演漂亮的主持人。当蓝长发长裙地出现在青红青紫的小男生面前时，蓝知道自己不再是可观不耐研究的盆景。

每到周末的时候，女生楼下站满了小男生，或是 321 或是 109 地叫着，随着喊声刚落，便有女生探出头来，一声娇滴滴的“来了”，然后两人相拥相携着走了。蓝的楼下也经常有大胆或羞怯的小男生的喊叫，可是几年的时光，同个宿舍的女孩的名字都被叫过了，却独独从未听过有人敢在众目睽睽的楼下，大大方方地叫蓝。

所以之后很多年，蓝都能回忆起那种蚀心的寂寞。

别人想象中多而勇敢的追求者其实没有，也许人人都以为迟了，那样的女孩子，一定有人捷足先登了，所以谁也不去也不敢去了，所以蓝就那么独自美丽着，那么骄傲地美丽着，青春里最好的时光，总是周末的晚上，一个人。

然后的日子就那么过着，直到毕业前，人们才清楚地看到蓝仍是形只影单。

离校前的几天，一个蓝同届不同系的男生——林，某省长的侄子，高大挺拔，向来目不斜视的一个男生。在喝醉了酒的雨天，一个人在蓝的楼下站了一夜，所有的人都知道为了蓝，蓝也知道，但蓝不说话。那已经是即将离别的夜晚，人人都知道这意味着什么，那一夜，几乎所有能和蓝说上话的人都劝蓝，但蓝只说了一句，太迟了。真的，太迟了，谁也不知道我一个人寂寞地美了三年，骄傲的背后其实就是空虚，既然已经是这样了，就不该旁逸斜出地生些最后的伤感来。蓝最终不再说话，所有人都哭了。

那个同样骄傲的男孩子始终没有开口，回去后高烧了几天，在病中只喊一个字：蓝。当蓝出现在他门口的时候，男生宿舍里的人都无比惊讶，蓝站在林的床前不说话，他哭了，她也哭了。当晚蓝就离校了。没给这个校园留下一点神话。但蓝知道那个男生会一生记得她，记得这场哭泣，在那样的一段岁月里，有过那样一个女孩，和他在一起那样地痛哭过。也许他也想要一个结果，蓝想也许许多男生女生都希望在最后的日子里，蓝能在校园里留给他们一个爱情神话，可是等到林再去找她的时候，那个被誉为“花寝”的三楼某间宿舍，已经人去楼空，他上去的时候，只看见一地烧信的纸灰和蓝没有拿走的一副风铃。

蓝最终没有给那段岁月留一个结果。

在撕心裂肺的离别途中，蓝最终合上那本厚厚的留念册，只等玫瑰岁月的水分完全消失。痛是必然的，而这样永生不能释怀的离别里没有爱情，结果还可以承受。那之后蓝总是梦到校园，梦到那些时光和那些凄艳绝美的花，蓝也知道，那个为她淋雨哭泣的男生最终颇有成就，毕业不久就在沿海的一座城市里风光得一塌糊涂。

蓝是家中唯一的女孩，父母希望她毕业回来，蓝顺从。撕了派遣证，回到家乡那个小小的城市。九月后，在一个小企业开始了工作。蓝从此不再写诗，偶尔回头，蓝依旧笑着，仍旧楚楚动人，却在那个秋天瘦得只剩下一双大眼睛。

当青春的投影从模糊逐渐变得清晰，每一个仿佛都重复了的春天还是一个接着一个来临，又一个春天到来的时候，蓝依旧一个人走在冰冷的城市，一个人飘飞着长发走在这城市狭窄的路上，二十四岁的路上。

蓝要好的朋友一个个嫁出去。母亲听后，看着蓝，不说话。

蓝认认真真地想过，无论如何，爱的最后结果，一定要自己遇到，绝不是被安排和不情愿。可蓝没有，也遇不到。

蓝是听话的孩子。

四月底的一天，蓝答应母亲，晚饭回来后去相亲。然后，蓝就走了。

是走了四年的通往单位的路，是走了四年的一个路口，一辆飞驰的货车超过蓝穿过蓝，拖了很远。送到医院的时候，蓝还有气息。身体已经碎了，只是脸却无比的完整，也许上天在带走蓝之前也怜悯这脸庞似玉一般完美的女孩。看见蓝最后一眼的时候，只是看见蓝的泪水。

整理蓝厚厚的十几本日记和信件。看见蓝的大学留念册，我留了下来。

在九月的时候上搜狐，突然想去看看蓝的同学录，找到她的班级登录，看到给蓝的一段留言："蓝，请你与我联络。"我再上网易，上中华同学录，只要注册了蓝的班级的，里面都有这样的留言："蓝，无论你在哪里，请你与我联络。"

"无论你在哪里，请你与我联络。"是林。

想了很久，我把蓝留下的留念册按他留的地址寄给了他。

我想，他收到后，一定会在侧面的夹层里，看到蓝留下的四张卡片：

第一张：在数学系和政教系那场足球赛上，看到一个男生，很让人喜欢的那种欢腾……

1999年3月23日

第二张：今天终于知道了，他叫林，在去食堂的路上，他看了我一眼……

2000年6月16日

第三张：就要去实习了，我选的是枣庄，林的家乡……

2001年12月6日

第四张：我想，我是爱林的。可是，已经分配了……

2002年6月24日

爱，总要在来得及的时候说出来，以为是一个转身，其实就是一辈子。（王琳）

如果你曾奋不顾身地爱过一个人

时间那么漫长，
你走之后我终于忘记我还爱着你。
但我依然感激你陪我走过的那些年，
至少成全了我近乎偏执的爱情，我爱得，奋不顾身。

我听过一种说法，每个人都是一段弧，能刚好凑成一个圆圈的两个人是一对，那时我特别相信这句话。我上小学那年，你在我隔壁教室。我知道你是老师眼里最头疼的孩子，被老师关在柜子里，好长时间都不发出声音。老师一打开柜子，你却一下子蹦出来，老师为此又生气又无奈。从那时起我就被告诫不要和你说话。

上初中的时候，你又在我的隔壁教室，那时候你已经高出我一个头，总是能把白色校服穿得很好看，干净的脸上有很明亮的眼睛。那时候的我没有飘逸的长发，瘦弱到在风里都站不稳，整个夏天穿单调的棉布裙，这样毫不起眼的我却让你看在眼里。那是我收到的第一封情书，你的字迹并不比别人的好看，但内容很真诚。于是在那个懵懂的年纪，我开始了大人们口中的早恋。

春天的时候，你经常会跑到很远的油菜地，摘一束湿漉漉的油菜花插在玻璃瓶里，放在我桌子的一角，还会有牡丹、桂花、菊花，或者叫不出名字的野花。那个玻璃瓶摆在桌子上两年，我保护得小心翼翼，却在毕业考试那天摔碎了。我还记得，那是我第一次趴在你的肩膀，哭了很久。你笑笑说："我早就想换新的了，又怕你说我喜新厌旧，这下可以名正言顺地换掉它了。"

我们认识的第三年，你搬到了另一个城市，你写来的第一封信，被我裱了起来放在桌子最底层，白色的信纸上你写了一句话：无论如何，我要将爱情进行到底。我几乎每天都能收到你的信，因为怕影响到你的学习，所以我假装生气。你说学校门口有个邮箱，所以才会每天都寄信的。

高二的暑假，你带我去了你的学校，我却并没有看到邮箱。你有些不自然地把手放在后脑勺说："是因为这样才能觉得还像之前那样，每天都能跟你说话。"

高三那年，我报了一所很喜欢的北方大学，我知道你喜欢南方，那个暑假我们谁都没有提起关于升学的问题。收到录取通知书那天我并不开心，你是在下午三点钟出现在我家楼下的，像个孩子一样笑容明亮，用力挥了挥手里的东西，我隐约看到“通知书”几个大字。你说：“我觉得北方其实更适合我。”我跑过去抱住了你，又趴在你的肩膀上哭了。

这是我们认识的第六年，我们一起坐火车去北方的城市上学。我想起看到过的一句“所谓的爱情就是有人愿意陪你坐火车”的爱情句子，话虽然庸俗，却让我兴奋了很久，并将它变成了我的个性签名。那所大学有漂亮的图书馆，你会在星期一的早上帮我占靠窗的位置，放上两杯咖啡然后等睡眼惺忪的我出现。

我们的第七年，你在学校操场上点了心形蜡烛，我记得捧着十一朵玫瑰的你，在周围女生羡慕的声音和男生起哄的欢呼声，走过来把我抱得那么紧。俗话说的“七年之痒”，在我们的感情里，却起不了一丝波澜。我是没有任何野心的人，安于现状，最大的野心就是和你结婚。你说想要考研，其实高考完你已经收到南方一所重点大学的录取通知书，结果当天就被你压在了抽屉底部。

这些在很久之后被你当笑话一样说了出来，虽然你总说，是金子总会发光，但我还是愧疚了好几年。所以在你说要考研时，我从宿舍床上一下子跳起来说绝对举双手支持，你揉了揉我凌乱的头发，一脸的宠爱。

大四开始没多长时间，我就开始四处找工作，而你则埋头复习考研。有时深夜回到宿舍，翻来覆去睡不着，拿起手机对着你的号码发呆，又怕影响你休息，把手机重新塞到枕头下。找到第一份工作，我激动地第一个想要告诉你，你却关机，我才想起已经很久没有接到你的电话了。我去你学习的教室看到你和她在讨论着什么，我把水果放在教室的后头，并写上了你的名字，悄悄地退了出来。

你打来电话的时候我在对着电脑发呆，你说最近很忙，所以可能忽略了我。我笑笑说让你照顾好自己。末了你说她是你导师的女儿，也要考研才一起上课。很久以后我总是会想，如果没有她，我们是不是可以走得再远一点，还是我哪里出了问题，让你突然不想继续牵我的手。

我们在第九年分开，我一直以为在经历了时间、距离变迁后依然握紧的手是放不开的，那么是不是九年的时间只是巧合，碰巧在那些年里你没有爱上别的人。那些天我的实习工作忙得不可开交，但还是坚持每天去你的教室送饭，我知道你认真起来是顾不了照顾自己的，后来你说心疼我跑来跑去，说什么也不让我继续送饭。

入冬那天下起了雪，我在你宿舍楼下等你，怀里揣着的灰色围巾是从立秋那天开始织的。我看到从楼上下来你牵着另一个人的手，我不记得那天你说了什么，可能是天太冷了，后来我沿着大街哭到觉得眼睛快要结冰了，然后就怎么也哭不出来了。

后来听说你们一起考上了南方那所你曾为我放弃的大学，听说你也经常给她送花，玫瑰百合雏菊，听说你陪她逛街看电影吃饭，听说你在学校的广播室对她说生日快乐……总是听到你有多爱她，是不是对每一场恋爱，你都投入那么多？我留在这座城市，以为能留住你给的记忆也是好的，因为我总是以为我其实比想象中还要爱你。街角有家音像店，总会在每个清晨反复放着陈奕迅的《十年》。

那时候是我们认识的第十一个年头。

同学聚会上，我看到你，还有身边你贤惠的妻子，大家都争抢着罚你酒，埋怨你结婚竟然不通知大家。我也跟着大伙假装笑得没心没肺，谁会相信我留在这座城市朝七晚五的生活，只是为了留住你给的记忆。你还在忙着轮番敬酒，到我面前的时候，在吵闹的包间里，我听到你说“我想你了”，你的声音很快湮没，我恍惚是那杯酒醉了你的回忆还是醉了我的耳朵，怎么会如此不真实。我难过的是竟然没有了一丝动容，不知道从哪一天开始，我就忘记提醒自己，我是真的爱着你。

在每个睡眼惺忪的清晨，我依旧能听到陈奕迅的声音。偶尔路过一家熟悉的咖啡店，要想很久才能记起那是我们从前爱去的。我从少年开始的美好时光，一年一度的油菜花，跟着时间的洪流，呼呼地奔，一去不返了。所以亲爱的，时间那么漫长，你走之后我终于忘记我还爱着你。但我依然感激你陪我走过的那些年，至少成全了我近乎偏执的爱情，我爱得，奋不顾身。（王夕）

谢谢你曾走进我心里

我再不是当初那个人，
我曾倾尽全力地喜欢过当初的你，
但现在的我好喜欢当初那个奋不顾身的自己，
也感激曾经的伤痛带给我的成长。

高中时代，别人传着字条，我俩传着一个粉红色的小本。那个小本里，有我跟你交流的只言片语，有相互分享的成长故事。每天晚自习结束的时候，我或者是你，总有一个人带着那个小本回宿舍，要写下这一天想跟对方讲的话。

那个时候，我酷爱收藏。你和我一起看过的电影票，你跟我一起坐过的索道双人票，你在峨眉山的瀑布前高举着右手的照片……都被我像集邮一样，收集起来。那是我满心欢喜的爱恋。

我们去吃汉堡的时候，你会把夹在中间的鸡肉拿给我吃，自己只吃面包和蔬菜。你说我太瘦了，得多吃一点，但别长得太胖，因为你不喜欢；寒冷的冬天，你拉着我的手放进你宽大的外衣口袋里，我感受到了这个世界最幸福的温度。在年少的高中岁月，我以为自己碰到了天底下所有最美的事，即便是最枯燥无味的读书时代，也因为有了这些变得有趣而生动，而这所有的好事，不过四个字：因为爱情。

可是，美好的事情，那些美好的岁月，它就是过去了。无论我能不能够面对，它都是鲜血淋漓又赤裸裸的现实。高二的那个寒假，我因为感冒出门打针，却迎面碰到和她在一起的你。我恨自己，为什么要在那个时候上街？也恨自己，为什么要有那么强的好奇心，尝试着输入密码去看你的电子邮件？有生之年，狭路相逢终不能避免。

我问，她比我漂亮吗？你说不是的。我说，那是她比我更爱你吗？你也回答不是。最后，你说她对你挺好的，而我在你眼中是个遇到挫折也可以自己解决的人，朋友多，人缘好，我永远不会孤单，但是你骨子里跟我不是一种人，她也不是。

于是，我懂了。我乐观、坚强、朋友多，所以我就活该被欺骗活该被劈腿，是这个意思不？你记不记得，高一的暑假，有天在公交车上我跟你说，我们现在如果不是十七岁，是七十岁该多好，那我这一辈子都是跟你在一起的。那个时候的我，是有多么希望能跟你一夜白头，便可以跳过那些抢夺与伤害。

天旋地转，是我那个时候的心情。我每天失眠，却又要面对高中学习的压力；我恨不得你能从我眼前消失，却又在每天进入教室的那一刻不自觉地看向你的位置；我双眼红肿，憔悴不堪，却又固执地跟不相关的同学说："裴勇俊哥哥的电视剧，真惨!"

有天晚自习的时候，我跟老师请假说回家，却拉了最好的朋友在黑夜里闲逛。走到我家楼下的那盏路灯的时候，我实在觉得太难受了，所以我就一直站在那盏路灯下，号啕大哭。那个时候的我，真的很丢人。我恨你的绝情决意，恨你的毫不挽留，恨你的绝尘远离。你留我一个人在黑暗里摸爬滚打，满身鲜血却去管另外一个在阳光下晒着太阳看起来有点寂寞的姑娘。

我究竟难过了多久？我已经不记得了，三年或者是五年？我终于熬到了高考，我终于不用再跟你日日见面。高考之后，我去过高山、大海旅行，我去了北京，在你隔壁的那间大学念书，后来我又去了英国。时间慢慢地过去，那些不想回头的往事，不知道在哪个日落时分豁然开朗，从此留在远方，那个忘不掉的你，在人生的一路颠簸里，最终释怀。

现在，仍然有好事的给我传递着你的消息，他们顺便会问我：

“过得好吗？”我笑，快速地敲打：“呵呵，很好！”只是，“很好”背后的生活，远没有我们想象的那么一帆风顺。我又有跌倒，我又有站起，我又会再开心，我有时也会再难过。我遇到新的人，又有了崭新的人生，又再喜欢上了一个人，又爱上了一个人，我又能感受到自己与他人的心灵相通，又再一次地感受到自己的急促与慌乱，却不再莽撞执着。

你，与我再没有任何瓜葛了，就是最基本的消息，我也不需要再知道。

这是长大后的心境，也是成熟后的人生。

我再不是当初那个人，我曾倾尽全力地喜欢过当初的你，但现在的我好喜欢当初那个奋不顾身的自己，也感激曾经的伤痛带给我的成长。（佚名）

喜　欢

青春一抹朝阳，印着你潺潺的笑靥，
美好得仿佛要将我融化，
而我静静地看着你，数着我们之间美好的日子，
朝夕而过，静待年华。

那是毕业的前一天，教室里已经没有几个人。之前因为偷懒，我还有很多东西落在学校没有搬回家去，几本参考书，一些还没有来得及做的空白试卷，水杯，长长的耳机线，一盏充电式的小台灯。我慢慢地在桌斗里摸索着，把它们一一找出来。你就坐在我的前面，隔了一个走道，靠近墙壁的位置。你在给别人写纪念簿，下笔的每一个字都用好大的力气，一副认真的样子。午后的风刮进来，温热的。你没有理我，于是我觉得自己要变成支离破碎的人了。

我早晨交给你的信，被你夹进字典里，没有拆开。

我是从什么时候开始决定要给你写一封信？大概是毕业前的半个

月，我以为一切都来不及的时候吧。我在悲伤的时候、无所适从的时候、空荡了然的时候、喜悦的时候，总要想起你。这样的时候占据了我生活的大半，所以，也许我是常常想起你的，最近更甚，如果再不将你忘掉，恐怕会流下眼泪来。

你呀，我现在坐在你的身后凝望你，悄然无声的。不要以为我是想怎样，其实早就记熟了你的样子，再多这样的凝望，也只是让时间慢一些，让我获得更多凝望你的快乐。

给你写信这件事曾让我非常烦恼，我没有写过情书，不知道要在什么位置写些令人心惊肉跳的句子，又要怎样才能词义完整，将自己向你和盘托出。因此，我踌躇了几天，写过三个开头，那些简单的字几乎都能背下，最后却仍然都丢进了废纸篓。

给你写信的时候，万籁俱寂，暗蓝色的天空上滚过铅灰色的浓云，没有星星，给你写信这件事便成了我一个人的秘密，所以我是这样坦然。我写："你怎么可以那么好呢，喜欢你的感觉怎么可以那么好呢，我此刻全部的情感都属于你了。"我被自己吓了一大跳，赶紧闭起眼睛，回忆你我的种种，到底有没有像这样好，可无从去想，它们变成我的一部分，我看不清自己，又怎么能够再看得清它们。

这是青春期的日子，原先那些可以看清的东西，到此时却也都看不清了。

我只想起一件小事，五月的时候，我们在教学楼宽阔的大厅里打羽毛球，柳絮被风扬进来，落在你的脚边，那时你真是美极了。

我写有一年冬天你陪我过生日。冬天不像从前那么冷了，雪落在马路上便化掉，你陪我慢慢地走，已经想不起来当时的话题，大抵都是些开心的事。有一段路，你不知不觉便挽起了我的胳膊，不再说话。我们穿过稍稍积雪的街道后，你也没有将我放开。

现在想来，当时的自己何尝不是太懦弱了，要是当时说给你听就好了，说我喜欢你，便也不会有接下来那些怃然的时光了。可事实是我没有勇气开口，你最终放开了我。我们在你家门前告别，什么也没有发生。

还有一次，你也轻轻挽着我，我撑着伞，躲避着车子溅起的泥浆。你是小心翼翼地向我靠拢的，先拉着袖口，最后挽住了胳膊。你说，我怎会慌张地躲开，只是整个心都微微颤抖，继而变成一个傻里傻气的人了。之后我看王小波，被那些缭乱的句子感动个半死，那个家伙不是说："你不在我眼前时，我面前就好像是个雾沉沉、阴暗的海，而我知道你在前边的一个岛上，我就喊：爱！爱啊！好像听见了你的回答：爱。”我要如何才能听见你的回答呢？

有时候，我想到自己是个自卑的、没有安全感的人，就非常沮丧。晚自习放学常常是我一个人走回家，空旷的马路，可以放心地走在路中间。我的神情约莫是恍惚的，因为我又想起你。

我们相处了好些年，却从来都没有吵过架，你就像此刻柔软的夜晚，你只能是柔软的夜晚，人们要是明白夏天的夜晚有多么好，便可知道你有多好了。有次你拿去我的钥匙，偷偷在上面贴下我的名字的字母，钥匙到现在还没有用旧，贴纸却总是被我摸来摸去而变得有些褪色了。我听你讲死去的小狗，看你难过得要命，便也说不出话来。我把看哭自己的电影传给你，你又要跟着我再哭一遍。

我们就是这样要好啊，在一起的时候那样开心，分开后也不觉得怅然若失。

把信交给你之后，不几天就高考了。考完朋友们聚在一起吃饭，你坐在那一群人里，我坐在这一群人里。快要吃完的时候就有人开始落泪，一时之间饭桌上便有了散场的意味。你缩在角落里，和朋友翻看着手中的相机。我们只有过两次合影，一张在我的相机里，一张在你那里。这时你的朋友突然喊我的名字，人声嘈杂，她一副乐坏了的样子，大概是在拿那张照片逗笑吧。

你可真是险些要把我弄哭了。所以，我完全不能描述出对你的喜欢。既然不能描述，那闭口不谈也是好的。可要想把它埋进更深更深的心底，竟然也无计可施。喜欢像是一个骗局，等到不喜欢了，骗局就被揭穿了。然而无论如何，此时此刻的我，是那样喜欢你啊。

没有人来揭穿这个骗局，我就会一直这样傻下去。

我记起那个平常的晚自习。我们打完羽毛球，脸颊和手臂都汗津津的，你热气腾腾地冲进教室，回到座位上，拧开水杯喝水。那时的我坐立不安，看见你喝水的样子也要心动。你怎么可以那么好，我无法专心学习，只能继续看下去。喜欢的感觉如此强烈，我凝望了你一整个晚上，心底里生长出全新的感动。

这就是你带给我的感动，无法给别人解释，解释之后就要变得稀薄。

假期里的日子我过得索然无味，待在家中一整天，看完许多本小说，晚上就出门去跑步，见到朋友，两个人便站在路灯下喝干两罐啤酒。我与他谈起你，竟是伤心的语气。朋友责备我懦弱。既然已经这样，就要做出一些改变，或许能让彼此更快乐。

可我深深地明白，要想让你更快乐，就不能做出任何改变。我也只能写一封信，告诉你我的心意，在我们一生中最晴朗的时刻，从此便只需大步往前走。我在信里提起要买一把吉他，给你弹些好听的歌，不过想到往后的日子里没有勇气约你出来，也就作罢。有一个早上，你站在教室门口的走廊里晒太阳，你说："好无聊哦，想逃出去。"那时我就想到要和你做完一切有趣的事情，但有趣的事情哪可以做得完，我又哪可以给你那么多。

最近我在想，喜欢你的我是什么样子呢。

我在书中看到有这样一群人："胆小鬼们连幸福都害怕，碰到棉花都会受伤。有时也会被幸福所伤。"我担心自己成为这样的人，在喜欢你的时候，总以为一切未卜，便战战兢兢，充满了莫名的恐惧。毕业后天空总是明亮，朋友们常常去广场上骑双人自行车吹风，到了夜里喷泉就要升起，大伙儿便坐在石阶上，说些无关痛痒的话。那样凉爽的夜风和我们，在任何回忆里都是美的。

不过有次你没有来，打电话给你，你也只是耐心地解释，有事耽搁。然而如此平常的事，我竟要发誓从此以后再也不见你了。"胆小鬼们连幸福都害怕，碰到棉花都会受伤。有时也会被幸福所伤。"所以这样的人才会"在自己还没受伤前，就此分道扬镳"吧，在世人的背后失落的胆小鬼，总是隐藏得那样好。

我记得独身的旅途中，与河川并行的巴士经过焦黄的麦田，在隐约可以望见山头的时刻拐入隧道，我因此而不得不合起手边的书，突然接受前方那样沉默而纤细的黑暗。

这便是彼时的失落，喜欢你的失落啊！可我简直是隐藏得太好了，时间久了它就变轻，说不定春天沙尘暴一来，刮一刮就没有了。

喜欢你让我对这个世界更加失望，但与此同时我又充满了释然，因为一切的一切，只要风刮一刮就会没有了呀。

说话间，我又想起曾经决心要为你写部小说，如今却早已没了念头，因为整个少年时代的心事，我要如何才能写得完。

最近的一次，我和朋友们去你家吃饭。大家耗费掉一整个下午，热闹地吃了火锅，在夏天里吃出一身热汗。后来饭毕，大家都跑去客厅看电视，你收拾桌子，我则留下来站在水池边洗碗。这样的场景，真让我们显得愈加亲密。擦筷子的时候，你突然走进来，在抽油烟机下面狭窄的空间里，你靠近我，对我说："你真好啊！"

嗯，我从来都是好的。天黑的时候，落雨的时候，清晨睁开眼睛的时候，我都想对你好。你一旦让我拥有喜欢的能力，从此便再也不会丧失。

这是你留给我的唯一永恒的印记。（梁宵）

有没有那么一首歌 会让你记得我

每一天都像一次相遇，每一天都是一个新的谜语。
这些错综复杂又无人可解的谜底，早已撑满了少年的心。

第一次见马秋洛伏在窗台上唱歌，我就有些意志恍惚了。冬末的阳光从远山的峰巅上倾泻而来，像在她的双肩镀了一层迷人的赭红。窗下的叶片已然落尽，清风从裸露的枝丫上拂过，若有似无地吹着她的披肩长发。

凉润的薄荷香混着马秋洛的歌声，朝我这边缓缓而来。我知道这首歌的名字，那是孙燕姿的《遇见》。

上课的时候，马秋洛拍拍我的脑袋说，哥们儿，往后靠一点儿，我困了，想睡觉。因为她这句话，我把腰板挺得笔直，尽可能挡住老师的视线。

她藏在我的背后，眯着双眼轻哼那首未完的歌曲。从她嘴里吐出的温热气息如同烈阳下的水滴，一点一点，濡湿了我的心怀。

马秋洛仍旧和从前一样，坐在茂盛的梧桐树下，把陌生男孩写给她的情书从包里掏出来，用一种阴阳怪气的语调逐字念给我听。随后，对着一脸茫然的行人疯狂大笑。

那年，我们已经高三。马秋洛的成绩烂得一塌糊涂，很多次，我主动提出要帮她补习功课，却都被她婉言谢绝了。她仰着柳眉问我，哥，你说我还有投资的价值吗？我看着她那双亮若星辰的眸子，说不出半句话来。因为知道，以她的底子，此刻不论如何努力，都将是于事无补。

马秋洛就这么一天一天地睡去，墙壁上的倒计时也被一天一天减去。有好几次，我望着墙上的时钟，听着马秋洛的歌声，有种想哭的冲动。一百六十天后，这样的日子就永远消逝了。马秋洛会彻底离开这张课桌，离开我的庇护，离开这段无法重来的时光。

马秋洛第一次带我见他的时候，天上正飘着蒙蒙细雨。我陪马秋洛站在屋檐下等了许久才见到他轻摇慢步的身影。当他站到我的跟前，用一种锐利的眼神俯视我的容貌时，我忽然有种难以言明的自卑。

马秋洛欣喜若狂地问我，高吧？嘿嘿，帅吧？我尴尬地笑笑，不知如何是好。当他挽着马秋洛的小手奔向愈渐凄迷的雨中时，我才倏然醒悟过来。

屋檐下的风藏着一个少年的悲咽，这个短暂的冬天即将离开。未来却不能因此安排。

事实上还未等毕业，马秋洛就从后排的座位上消失了。我拼了命地读书，只为留在这个城市的大学继续深造。马秋洛偶尔会来看我，带着大包零食。她一遍又一遍地叮嘱我，好好干，小子，我看好你，争取给我弄个清华北大，以后讨个博士老婆。

我多想告诉马秋洛，其实我有多么多么喜欢她。从三年前的冬天到现在，每一天都像一次相遇，每一天都是一个新的谜语。这些错综复杂又无人可解的谜底，早已撑满了我的少年心。

窗外的树枝上长满了密密麻麻的树叶，可谁又能改变它们在秋天凋零落尽的命运？我坐在夏天的教室里，经常把腰板挺得笔直，我总觉得，马秋洛就在我的身后，她依旧哼着那首熟悉的歌曲，仍旧眯着眼睛。

我以为我会继续留在这个嘈杂的城市，却不料，竟被一所北方的院校录取了。马秋洛不知从何处得到消息，打来电话为我祝贺。

临行前，我决定做一次露骨的表白，为自己艰涩的青春写一个交代。我打开电脑，把她最好的那首歌曲拷进了光碟，而后，对着话筒，把一大串挤压在心里的话都说了出来，中途好几次都哭得没了声音。

我以离别为借口，把马秋洛请到了我的家中。我们一起做饭，一起洗菜，一起唱那首熟悉至极的《遇见》。

饭前，我打开了电脑，把那张录好的光碟放了进去。而后，故作高深地对马秋洛说，边听音乐边吃饭，有益健康。

那顿饭，我的确吃得心惊胆战。我根本无法预测马秋洛听到表白后的神情。她会泰然处之地谢绝我呢，还是会泪眼涟涟地接受我的告白？

答案永远成了一个无人知晓的谜底。光碟在两分三十五秒处卡住了，而我的告白，是从三分十五秒开始。

我对着电脑大笑，一直笑到泪落如雨。马秋洛不明所以地安慰我，说以后还会再见，并从包里掏出一个礼盒送我。

次日，我把礼盒带上了火车。内里，是一本精美的画册。

坐在陌生城市的梧桐下，我给马秋洛写了封言不由衷的信。我说，秋洛啊秋洛，你要找到了合适的人，一定要懂得好好把握。

我真没想到，马秋洛会因为这封信，直奔我所在的学校。当她穿着大红裙摆站到我的宿舍楼下时，我几乎惊呆了。

我在外面的车行里租了辆双人自行车，带她去南山上看枫叶。南山下的枫树点亮了蓝色的天际，马秋洛站在深秋的树林里，长发飘扬，美得像个仙女。阳光洒在她的双肩，让我想起四年前的午后，她倚在木制的窗台上轻唱《遇见》，发丝里酝满了薄荷的清香。

室友们都说，嗨，你女朋友真漂亮，看你小子平日洁身一人，真没想到，原来早就加入了“地下党”。

马秋洛从不与旁人争辩或者解释，其实，我不过是她高中生涯里的一叶轻舟，在波涛汹涌的青春之海里，用尽一切方法庇佑着她。

我始终没问那位男生的消息，也再没勇气向马秋洛表白。她的美丽和洒脱，让我有种望而却步的畏惧。

马秋洛要走的时候，一直跟我说，她走了之后就不会再来了，家里已经给她安排了对象，兴许不用几年就会结婚。我一直点头，一直忍住热泪，保持微笑。我说，好啊好啊，到时有了孩子，一定要认我做干爹啊！

月台上站满了离别的情侣。他们互相拥抱、互相祝福。我和马秋洛就这么一言不发地对视着。

火车第一声鸣笛后，她问我，你还有什么要说的吗？火车第二声鸣笛后，她问我，你赶紧想想，还有什么要说的。火车第三声鸣笛后，她一个跨步上了车厢。站在即将开动的火车上，她歇斯底里地问我，你真的没有什么要跟我说吗？

我刚要开口，年轻的列车员就把车门给关闭了。我多想告诉马秋洛，其实，我一直都为你举着爱的号码牌。

马秋洛再没联系过我。我陆续给她写过几封信，洋洋数千言，却都是不着边际的闲谈。

大三的时候，我和一个北方的女孩恋爱了，但没过多久，便彼此形如陌路。我想，我始终忘不了马秋洛。

即将毕业的时候，在网上听昔日的同学说，马秋洛就快结婚了，后天在当地的酒楼里设宴。很多同学都接到了请柬，唯独我没有。

我托高中时候的班长帮我带了一幅偌大的油画，画上，有一片秋日的暮色四合，以及光秃的树干。窗台上，一个美丽的姑娘迎风歌唱，她的双肩上落满了赭红的光晕，黑亮的长发在呼啸的风中飞扬。

我想很久，都不知道该给这幅油画取个什么名字。偶尔哼起《遇见》，才在背后写下了其中的一句歌词，遇见你是最美丽的意外。

毕业前，我在北方的都市里找到了一份称心的工作。此刻，我和马秋洛已经彻底失去了联系。

楼下的出租车师傅一直摁着喇叭催促，我手忙脚乱地整理东西，准备从学校搬到公司去。当我奋力把衣柜上层的衣服全然扯出时，一个美丽的画册忽然飞向半空，噼啪一声，纸片顷刻落了一地。

当我打开画册，预备把整理好的纸片夹到内里时，忽然发现了一个不易察觉的秘密——在因撞击而裂开的封面夹层里，安稳地躺着一封绿色的信件。

在这封青涩的信件里，马秋洛说，如果有那么一个女孩，坐在你的后排，不在乎别人说她老土，整整三年都只唱一首歌的话，那原因只有一个——她想把这首简单的歌翻来覆去地唱给你听。你一定要知道，这女孩有多么喜欢你。

站在夏日的阳台上，看着宿舍里的满地狼藉，我忽然泪落如雨。粗心的我，为何当年就不曾发现，这画册里的秘密？为何当时就不能听懂马秋洛在月台上的弦外之音？

我再不向旁人打听那些关于马秋洛的消息，我相信，她现在过得很好。我不能因为当年的错过而去打乱她现在的生活。

至少我知道，在那段细如流水的时光里，她一直唱着同一首歌，而那首歌，是为了我。（一路花开）

卷　四

年少不再时，才敢怀念你

我不确定自己能用多少时间把你忘了，也不敢保证我就能真的把你忘了，我只能像现在这样，不吵不闹，不悲不喜，安安静静地与你再无交集。

向日葵挂在白墙上

只是，没有来得及发生的爱，
最好的结局是让它就这样掩埋在时光里。

少年时候喜欢一个人，对方也喜欢你，是我能想到的最美的事。你斗志昂扬，无畏无惧，你逆着人潮走向他，你们必须相爱，此时，现在，一刻也不能等。

我曾以为我们和别人不一样，和轻言别离的绝大多数人不一样。

可是，我错了。

我看过了更多年轻的拥抱，他们在人群里肆无忌惮，不顾周遭来去的冷漠面孔，他们活在两个人臂弯撑起的世界，那是往日的你我。

我以为变成了更好的自己，就会遇到更好的人，但我没有；我以为不再惦记你，但此时我是这样的想念你。

夏葵不喜欢理发店的味道，不到万不得已绝对不去。十七岁时她第一次动手给自己剪刘海儿，结果很糟，像被狗啃过。第二天因为烦恼着该怎么出去见人，她上学迟到了。第一节是数学课，冷血梁是不会放过她的。

冷血梁就是她们当时的班主任兼数学老师梁老师，因为待学生异常严厉而得此绰号。梁老师处罚学生很有一套，最普通的招数就是罚蹲。犯错的学生一字排开蹲在讲台两边，没他的允许不准起身，不是一般的屈辱。曾有学生蹲了两节课被允许站起来后直接晕倒。

虽然那天是周末，但丑到爆的刘海儿，三千字的检讨，这些让夏葵的心情差到极点。放学后，她没有与别的女生同行，独自一人坐公交车回家。

快到家的时候，夏葵身旁的人群忽然一阵骚动，还有人叫："你干吗?"她扭头，看到一个瘦小的中年人手里正拿着自己的钱包，而一个男生正抓着他的手腕。

救了夏葵钱包的男生叫梁远，是她们班上成绩最好却也最不受欢迎的男生——因为他是冷血梁的儿子，再加上他一向比较沉默，身上仿佛贴了一个“请勿靠近”的标签，所以被全班孤立。

夏葵定定神，略带感激地跟梁远说“谢谢”，但他只是淡淡地看她一眼说“不用”。他们在同一个站点下车，一前一后往相同的方向走，再无任何交流。

其实他们两家离得很近，不过相隔一条街的两个大院。夏葵记得小时候梁远还算是个活泼的小孩，他们两个大院的小孩子有时还在一块玩。后来年龄渐长，十几岁时忽然就强烈地意识到男女有别了，男生女生开始划清界限。这次她没想到，一向独来独往的梁远居然会伸出正义之手。

欠了他一个人情，这让夏葵有些烦恼。

夏葵父亲的一个朋友家里有大片的樱桃园，每年都会给夏葵家送来好多樱桃，实在吃不了，她就带一些去学校分给同学吃。这次，她特意留了一些，趁着其他同学都去操场看篮球比赛时拿给了梁远。她觉得这算还他一个人情，但又不想别的同学发现认为她是叛徒或者异类。

梁远虽然语气平静地跟她说谢谢，但表情还是微微有些惊讶。

之后的日子，他们并没有什么交集，放学时偶尔在公交车站遇到会打个招呼。一年后的夏天，他以全校第一名的成绩考上了京城的名校。夏葵念了本地的一所大学，临近开学的一天，她不小心把家里的钥匙反锁在屋里，父母都去吃喜酒了，她便无聊地在附近闲逛，没想到在梁远家的大院外面遇到他。她觉得自己应该和他说点什么，于是开口："祝贺你啊！"

夏葵转身要走的时候，却被梁远叫住。他跑回楼上，拿了两个饱满沉重的向日葵花盘给她，说："乡下亲戚送来的，给你。"

大一寒假，夏葵家买了新房，乔迁新居，旧房便租出去了，此后她再也没见过梁远，不过逢年过节时会相互发些祝福邮件。

大三时夏葵交了男朋友，男友孟乔是她的大学同学，他们跟许多校园情侣一样，时而吵闹，时而甜蜜，在争吵和甜蜜中走到了毕业。然后，他们也像许多人一样，在毕业后的去向问题上发生争执。

几番争执，他们决定和平分手。也不是不伤心不难过，只是夏葵觉得，也许还是爱得不够深，所以他不愿为她留下，而自己也不愿抛下一切跟他走天涯。

三年后，夏葵在公司升职加薪，变成一个小主管，也从初入职场的青涩菜鸟变得淡定从容，开始有亲朋好友关心她的终身大事。此时孟乔的孩子已经出生，他的 QQ 空间里挂着他抱孩子的照片，他有些发福了，脸上竟露出些中年人的疲态。一时之间，令夏葵觉得屏幕上那张脸好陌生。

她忽然想起梁远来。那个沉默的少年梁远，似乎已是上辈子的事了。不知从何时起，他们断了最后一丝联系。听说他大学毕业后出国了，他注定会比他们这些同学飞得更高更远。

初秋时，夏葵休年假，决定不再去旅行，回家好好陪陪父母。她还去了那个住过快二十年的大院。

好几年没来，那里的变化很大，周围新建了许多商业区，好多人都搬出了大院，只有上了年纪的人固守着不愿离开。

那衰败，即使大院里那些过分高大茂盛的梧桐树也掩饰不住。

经过梁远家的那个大院，夏葵隔着矮墙看到了梁老师。他苍老了很多，应该已经退休了吧。也许是因为年纪大了，他看起来不那么严厉了，表情居然有一些慈祥。院子里不知何时种了一片向日葵，梁老师正割下花盘分给围在他身边的一群小孩子。

分完葵花子，那些孩子很快一哄而散。夏葵踌躇着要不要打个招呼，梁老师扭头看到她，拿了一个花盘过来隔墙递给她说：“姑娘，你也拿一个回去吧。”他并没有认出他曾经的学生。

“哦，谢谢。”夏葵有些慌乱地接过来，她想起多年前有个少年也曾这样拿过向日葵花盘给自己。这些年来，他过得怎么样？

夜晚，夏葵打开电脑，看到孟乔给她的留言：夏葵，有件事我觉得一定要告诉你。我们刚交往没多久时，有一次你让我帮你用邮箱发照片给你表姐，我无意中点开了你的一封邮件，是一个叫梁远的人发给你的表白信，说他喜欢你。我自私地没有告诉你，并以你的口气回信给他，说你已经有男朋友了，让他别再这样。真的很抱歉。

夏葵有些恍惚地坐在电脑前，她不知道，原来过去的时光里曾发生过这样的故事。她也不知道，如果当年她看到那封信该如何反应。她更不知道，当年那个所有人都不愿意亲近的梁远，在鼓起勇气表白后，收到这样的回信，是多么伤心。

她白天拿回来的那个花盘正挂在白墙上，沉默无声。据说向日葵的花语是沉默的爱，她没想到，原来她的生命里有过一个向日葵少年。只是，没有来得及发生的爱，最好的结局是让它就这样掩埋在时光里。

回去上班的前一天，夏葵又去了一次大院，路上遇到迎面而来的小学生，正跟妈妈商量着明天教师节该送什么礼物给老师。

她拐进旁边的水果店买了一个果篮，并附上一张卡片：老师，节日快乐！她将果篮放在梁老师家的门外，敲了敲虚掩的门，听到应答后下楼离开。作为一个虽然对待学生太严厉但对工作却十分负责的老师，他应该得到这样一句问候。

而在地球另一端的梁远，夏葵希望他能遇到一个热情的姑娘，靠近他，温暖他。（琉璃凝华）

被误读的裙子

所有的如果，都是一个悲伤的假命题，
那个并没有发生的如果，
永远不会跳出来改变今天的失落。

那年，他是一名大二学生，作为志愿者到火车站接新生。

他很自觉地选择了举牌子，像一截儿微笑的木桩一样立在那里，把接触美女新生的机会留给了其他跃跃欲试的男生。

她拽着巨大的行李箱，歪歪斜斜地被人流挤出了出站口，然后东张西望着，目光最后从他举着的牌子上缓缓落到他的脸上，笑了。她绕过了那些热情洋溢的手，拖着行李箱径直到了他面前："你好，我正愁找不到学校呢。"

他有点儿紧张："没事，一会儿你跟我们上校车。"

之后两年里，这是他们唯一的对话。

他知道自己喜欢她。因为每当看到有男孩子在校园里追着她说话，他就会紧张得要命。

还好，直到大三那年，他还没见哪个男生是她身边的常客，他发誓毕业之前向她挑明心思。可追女孩子，总是要制造一点浪漫的，对于他这个贫家子弟来说，浪漫这东西实在是有点儿奢侈。

为了这次浪漫的约会，他去做家教，四个月后，兜里有了几张被汗水泡得发软的百元人民币。

他鼓起勇气给她写了信，约她去看电影。

约会的日子到了，忐忑不安的他在电影院门口等来了她。

看得出，她还记得他呢，冲他羞羞地笑，而他，紧张得只会把一桶爆米花塞进她怀里，不停地说："吃吧，吃吧。"

看完电影，他们漫无目的地走在街上，他一边努力地找话，一边想该给她买点儿什么礼物才好。路过一家服装专卖店时，他拐进去，说："进来看看吧。"

她说好。

她貌似有一搭没一搭地随着他在里面转，他很喜欢模特儿身上的一款裙子，指了给她看，说："真漂亮。"

她也点头说漂亮。

他怂恿她试一下，心想，如果她穿着好看，就买下来作为礼物送给她。等她换衣服的空隙，他翻了一下标价牌，心里咯噔一下子。那款裙子的价格，远远不是他兜里那几张人民币能买得下来的，一时间，他恨不得能找个地缝钻进去。

她从试衣间出来，把裙子塞给导购员说："太瘦了，我穿不下。"

导购员忙说再给拿条大一码的，她说不用了，就独自出去了。

他如释重负，但也有点失落，觉得那裙子，穿在她身上，一定是很美的，她坚持不肯试一条大码的，难道是在婉转地拒绝他？

这么想着，他很难受，决定继续做家教，攒够钱，就去把那条裙子买来，送给她，如果她不肯收，就说明她真的是在拒绝他。

省吃俭用半个月后，他终于可以去买那条裙子了，却没货了。导购员还认识他，笑着问："你女朋友没穿给你看？"

他一蒙，也没心情去想，但是，他还是交了定金，让导购员再进一条同款的裙子，不是为了送给她，而是为了纪念那段沉默了两年、没来得及开始就消逝的爱情 。

后来，他毕业了，工作了，结婚了，在一次会议上意外地遇见了她。他感慨地说起了当年对她的好感和那条裙子的故事，她安静地听着，流了泪。

原来，她在试衣间里试了一下就脱了下来，不是裙子瘦，而是那条裙子穿在她身上，实在是太漂亮了，若是他看了，肯定会买给她的，但她早就听说过他家境不好，就不忍心让他为自己花钱。第二天，她就跑去买了那条裙子，一直在等啊等啊，等他再一次约她时，穿给他看，可是，他没有。

她流着泪说，如果我早知道你是这么想的，无论如何，我也要让你给我买那条裙子。

他也黯然神伤，说如果早知道是这样，说什么我也不会放手。

可是，曾经沧海后，所有的如果，都是一个悲伤的假命题，那个并没有发生的如果，永远不会跳出来改变今天的失落。所以，如果爱，请说出来，别留下说如果的机会，因为，一说如果，心就疼了。（连谏）

我对那个男孩笑了，整个青春哭了

在我是十六岁的时候，
我曾朝着一个男孩笑了一下，
后来，整个青春都哭了。

那年，我在一个小城读重点高中。班主任很古板，在第一次班会上，就宣布了两条清规戒律：一是女生不准留长发；二是男女生之间不准说话、传字条。

高一下学期，一个北京男孩转入我们班，留着很流行的“偏分头”，穿白色运动鞋、蓝色牛仔裤和带小帽的夹克衫，讲很悦耳的普通话，坐在我的后排。一次自习，他轻拍我的肩，我回过头，他微笑地看着我：“你的笔记可以借我吗？”我有些害怕，心突突地跳，拿过笔记仓皇地递给了他。以后，他总是向我借笔记，我虽惧怕班主任，却总不忍拒绝他，反而更积极地整理笔记。有一次归还的笔记里夹了一个心形的发夹，我的心蓦地翻腾起来。

头发如春天的小草般疯长，刘海儿遮住了眼睛，我却舍不得剪掉。周末回家时，我把头发修成了山口百惠的发型，把那枚小小的“心”斜斜地夹在旁边，揽镜自照，看到一个美丽的十六岁少女朝我羞涩地笑。早读时，身后的男孩轻声朗诵徐志摩的《再别康桥》。“你是那河畔的金柳，让我的眼睛因为看见别致的风景，而波光流转。”听他反复念着自创的诗句，我会意地把头轻轻埋下，欢快的笑声在心底荡漾。

班会上，班主任含沙射影地说男生要稳重女生要自重，我暗暗祈祷她针对的不是我们。接着，班主任又说穿戴，她说男孩子要有阳刚、朴实之美，夹克衫小分头是流氓的装扮。谁知，第二天，他就剃了一个大光头，穿了一件老式的中山装，面对同学们异样的眼神，却不苟言笑、泰然自若。这个干净优雅的男孩子，竟用毁坏自己形象的偏激，来表达内心的不满与叛逆。

一只小巧的纸飞机飞到我的桌上，上面写着：“我们的青春不能这样度过。”我回写“知音”，然后，倒背着手，放到他的桌上。一只小飞机，把我们相通的心灵承载。一会儿，他拽我的衣襟，我回头，他伸直大拇指，俏皮地笑。只是，这笑容，配着光头和中山装，像带泪的幽默，我忍不住也朝他笑，脸上，有热热的感觉。

回过头，猛地发现班主任站在桌旁，我的笑容便在那一刻，凝结风化。班主任的手一下打到我脸上，一个很脆很响的声音弥漫在死一般沉寂的教室里。我不知所措。专横暴怒的班主任，揪住我的衣领把我拎出座位，各种各样的难听话，如同决堤的洪水，从她嘴里喷薄而出。我在肮脏泛滥的洪水里垂死挣扎，空气越来越稀薄，活蹦乱跳的青春离我越来越远，我绝望地闭上了眼睛。

这时，有个声音在缺氧的空气里响起，“老师，体罚学生是犯法的。”我身后那个男孩勇敢地说。接着，奄奄一息的我被抛到了岸上，那个男孩却开始进入可怕的缺氧状态。

我们，两个十六岁的孩子，相互之间没有讲过话，只是传递了笔记，只是我戴了好看的发夹，他剃了叛逆的光头，只是放飞了一只朦胧的小飞机，便这样成了众矢之的的问题学生。事情以家长道歉、我们写检查而告终。

之后，我摘下了那个发夹，把刘海儿剪得乱七八糟。而身后的男孩也转学离开。离开时，他的脸色苍白，如我们被折磨得苍白的青春。他望了我一眼，凄凉地一笑，这一笑深深地印在我的脑海里。我默默低下头，泪水打湿了青春虽柔嫩却已伤痕累累的心。（旖旎心情）

温柔的风穿堂过

你站在桥上看风景，看风景人在楼上看你。
我不愿成为那风景，也不会成为那人，
我只愿成为，支撑起你的那座桥。

我不愿成为炙烤的烈日，不愿成为夏天的暴雨，我只愿成为，一阵穿堂而过的最温柔的风。我不想做骄傲昂贵的金骏眉，也不想成为凉爽透顶的雪碧，我只愿成为静静等待你的那杯温热的白水。

你站在桥上看风景，看风景人在楼上看你。我不愿成为那风景，也不会成为那人，我只愿成为，支撑起你的那座桥。

在高考结束的散伙饭上，我的同桌林依人安静地看着大家开玩笑、喝酒、爆粗口、抱头痛哭。她坐在角落里，没有喝一杯酒，也没有拥抱任何一个人，似乎没有高兴，也没有不高兴。

隔壁桌是许言言他们班，她是我高中时期喜欢的女生。许言言被起哄和男朋友喝交杯酒，笑声和闹声交织成一片，我的脑子也一片空白，只是一杯一杯地灌酒喝。我说，来拍张照片吧。于是我举起相机框下了所有的笑脸。

大家要散的时候，我说，等等，再来一张。我把镜头对准了林依人一个人。她在镜头里，对着我温柔地笑。大家都喝得醉醺醺的，似乎只有林依人还清醒着，她一辆一辆地在路边打车，扶着同学上出租车，跟司机仔细交代。我蹲在树下，看见几个林依人的影子，胖胖的，立在路边，伸出一只手打车，就突然有热泪往外涌，我也不知道我哭什么。

最后林依人扶我上车，准确地跟司机说了我家小区名字，到了楼下，我坐在椅子上，林依人在我旁边，不知道该来扶我还是站着。

我说："林依人我能问你个问题吗?"

她说："嗯。"

我问："高中三年，为什么从来没看见你在课间上过厕所啊?"

她有点害羞，笑了笑，说："因为我太胖了，别人出去一趟你都不需要挪椅子，我出去的话，你不光要挪椅子，还要起来给我让出位置，我才能出得去，所以我不去。"我笑："都跟我同桌三年了，这么客气干吗?"

林依人和她的名字一点都不配。她是个胖子，我认识她的时候她就已经是个胖子了。

那年我十五岁，上高一。凭着男生特有的小聪明和初中不错的底子，考上了市里最好的高中。

班主任调换座位，把我安排在走廊的窗口那一组，三人同桌。我坐在靠近过道的位置，一个学霸型的女孩坐在里面，中间是林依人，当时班里最胖的女孩。

我几乎不跟她说话，即使说话也基本上都是问句。比如，老师刚刚来过没，讲的哪一页，这章已经学过了吗，等等。

她也从来不主动找我说话，倒是跟旁边的女生还蛮聊得来，有时候两个人就趴在桌子上说些悄悄话，然后两个人头靠在一起偷偷地笑。

她来得比我早，走得比我晚，甚至连下课的时候都没见她去过厕所。这点一直是我心里的一个疑惑。但是那个时候我没空去解开这个疑惑，也懒得理会她。因为我的心里满满都是许言言。许言言是一个特别好看的女生，眼睛不大，但是一笑的时候就弯弯的、亮晶晶的，鼻子也小巧，唇红齿白。皮肤上没有一点瑕疵，留着中发，偶尔扎起来，巴掌大的小脸，还有一颗小小的虎牙。

我第一次跟林依人的正常对话从一节出糗的英语课上开始。我正在笔记本上乱写乱画，结果被老师点名了，突然问我为什么没有交英语作业。我只好找借口说掉在家里了，这种招数我从念书到现在，用了很多次，一般得到的答案是下次带来或者下次注意。结果老师盯着我说："那行，给你十分钟，回去拿吧。"

"啊？我家蛮远的。"

"你家不就住学校对面吗？上次你爸见到我还跟我打招呼，让我特别关照一下你。赶紧，回去拿。""老师，我好像带了，我再找找。"我把桌子盖掀起来，开始慢腾腾地，一本一本地翻，嘴里还自言自语，唉，去哪儿了，也不在这儿。

老师翻了我一个白眼，说，那你慢慢找，下课要是还没找着我就打电话让你爸给你送来。我猛点头，用书挡着自己，病急乱投医地问林依人，"昨天的作业是什么？"

她在本子上写，情境对话。然后把本子推了过来。

"你们都交了吗？"她点了点头，"早上就交了。课代表让你交，你在睡觉。我这里有一份草稿，我交上去的不是这个，你要吗？"

我猛点头："快给我！"

她拿出一个本子交给我，我把它藏到英语书下在前面摞起高高的书，开始奋笔疾书地抄。终于在下课的时候交上了作业。英语老师也就睁一只眼闭一只眼地放了我一马。

交上了作业就像一个刚刚炸碉堡归来的英雄一样，瘫在桌子上，换个姿势看到林依人，于是随口说了句："谢谢啊。"

她直摇头，也没有再说话。

"哈，你连写个英语作业都打草稿啊，这么认真。"

"也不是认真，反正也没事。"

"那既然你这么闲，以后你打的草稿就给我抄一下吧。"

"哦。"

从此以后我每天来的第一件事就是拿过她的作业抄在自己的作业本上，到后来我懒到跟她说，要不你帮我做一下。

林依人面露难色想推辞，但是不知为何还是答应了下来。她自己的作业，笔迹工整，没有一个错别字或者涂改的痕迹。给我写的作业上却字迹潦草，飞龙舞凤，居然没让老师看出破绽。有时候我心血来潮想要弄懂一个题，问她的时候，她会不厌其烦一遍一遍地给我讲，我听不懂又没耐心，听到一半就发脾气，算了不听了，她就会默默地把本子拿端正摆在自己的位置上。

林依人最好的一点是沉默。因为沉默，她不问我不想回答的问题，也不会一直跟我聊八卦。她跟我同桌，但是说过的话还不如楼下的邻居多，她不问不该问的问题，好像也没有任何好奇心。

因此我和她同桌一年时间，我对她的了解依然只是她的名字和排在中上的成绩以及好像永远都掉不下来的体重。

而在这一年的时间里，我对许言言的了解可就突飞猛进了。许言言爱笑，许言言一到下课就跟朋友们成群结队地去上厕所或者去阳台上透气，许言言的爸爸是个公务员，许言言最喜欢吃的就是萝卜炖牛腩，最讨厌吃的就是豆腐，许言言可一点都不爱粉色，许言言有许多的发夹，每天换着戴，许言言的成绩不好但是也没关系，反正她的梦想是当个演员，演员不需要成绩好，许言言小时候一直都是短头发，许言言爱看书，许言言老爱看些我不喜欢的节奏慢得不行的老电影，许言言一哭起来也漂亮得不得了，许言言最迷恋的明星是林俊杰，许言言还有一个在上大学的青梅竹马。

假期的时候，我骑着车，穿过这个城市的大街小巷，来到许言言的楼下，盯着她阳台上的小花和乱七八糟的植物，想象着许言言给它们浇水的场景，有时候能待好几个小时，太阳把头皮都晒疼了。

我经常在晚上去许言言的爸妈爱打牌的茶馆，等很久很久，偶尔会碰到独自出来的许言言，我就骑着车在她面前紧急刹车，说，许言言你怎么在这儿啊，好巧。

许言言的生日，我在网上看好时间，坐了十几个小时的火车去另外一个城市，林俊杰的签售会，排了好久的队，然后轮到我的时候我大叫，写上亲爱的许言言，一定要写。她的偶像看了我一眼，笑了一下画了一个爱心，非常快速地写了几个字，我还没来得及看出那是什么字，就被后面的粉丝推走了。后来经过我的仔细辨认，发现那几个字是，徐艳艳。我的许言言才不会有那么俗气的名字呢。我在课上看的时候，林依人盯着它，于是我随手扔给了她，说喜欢就送给你了。

我忍着瞌睡，仔细看完了许言言说喜欢的那些电影，我一部也不喜欢。可是看完之后就觉得自己又渊博了，这样许言言跟我聊电影的时候我就不会没有话讲。

我把许言言的每张照片都存起来，翻了许多在她空间留言的人的相册，找到关于许言言从前的点点滴滴，宝藏一样地锁在电脑里。

打球的时候如果许言言坐在观众席上，我比任何时候都拼命，带着球横冲直撞，我什么阻碍都看不见。

自从我知道了许言言喜欢成绩好的男生之后，我每天都预习第二天要讲的内容，不厌其烦地骚扰林依人让她给我讲题，为了有一天考得很好的时候，许言言投过来的微笑。

我也想过表白，但是当我看着许言言亮晶晶的眼睛的时候，我就紧张得说不出来话了。很少碰到让我紧张的事，可是许言言总能，要是追根究底的话，大概是许言言的眼睛太漂亮，漂亮得让人觉得在她面前永远一无所有，永远两手空空。下课的时候我盯着许言言跟旁边的同学翻一本杂志看，不知不觉就看呆了，转过去发现林依人正在看我，我忙解释：“我没在看她。我在看她的发夹。真好看。”

许言言别了一个淡蓝色的发夹，是X的形状，在耳朵旁边。

林依人点头：“嗯，是好看。”

我没接话，低下头来玩手机，过了一会儿，林依人用胳膊肘拐我，我急忙收起手机，端正姿势假装看书，直到班主任走。

我突然没头没脑地跟林依人说：“我喜欢她。”

“嗯。”林依人点了一下头。

文理分科前夕，我害怕许言言分到了别的班，跟我的距离更远了，于是我决定跟许言言表白。我在上课的时候翻遍了所有我能想到的情书，东拼西凑再加上自己匮乏的语言，开始写情书给许言言。

但是后来，情书是林依人替我写的。

淡绿色花纹的信封。我大喜，拆开一看，这感天动地的文采加上我这个帅得惨绝人寰的长相，许言言还不非我莫属？我在心里仰天长啸。

我躲在被子里，借着手机的光，看着那封情书，一个字一个字地编辑，然后发送给了许言言。接下来就是漫长又煎熬的等待。我联想了很多种回复。

许言言没有理我。

第二天我没去上学，我等在许言言家的楼下，调整自己的呼吸，一遍一遍地想象用哪种语气跟许言言说话比较好。

嗨！许言言又见面了？

许言言不知道能否赏脸给点时间聊一下？

你收到我的短信了吗？

我坐在自行车座上，忐忑不安地望着远处。

许言言出现了。但是旁边还有一个男生。我不认识。两个人抱着书并肩走着，许言言走进楼道，又转过身，快速地在男生脸上亲了一下，才跑进去。

我愣在原地，觉得世界都静止了。反应过来的第一件事就是骑着车逃离这个地方，我一手把着龙头，一手抹着根本就擦不干净的眼泪，那一天，我觉得生命里所有的难过和挫折都来到我这里。由于快分科考试了，班上的气氛很紧张。我却浑浑噩噩地发了一上午的呆。满脑子都是许言言在那个男生脸上留下的吻。

林依人看着我，眼神里写满了失望，她说：“你别这样。”

“那你想我怎么样啊？你以为帮了我几次你就能对我指手画脚了吗？你以为你是我同桌你就够了解我吗？别高看自己好不好，你以为你谁啊，轮得到你对我发号施令吗？”

林依人把习题本收回去，抿了抿嘴，转过来看我，语气平静：“我只是想告诉你，如果你一无所长，脑子里什么东西都没有，你以后还会碰到无数个许言言，但是你一个都抓不住。”我愣在原地，像是闷生生地吃了一个拳头，一句反驳的话都说不出来。

我没想过一向沉默的林依人会顶撞我，也没想过她会如此否定我。虽然她说的是我并不想承认的事实。但是细想，对我抱有希望并且耐烦的，也就林依人一个。

世界上有那么多人，这么对我的，偏偏不是许言言。她像一把刀子，我用她来搅动我的心。虽然痛但是却乐此不疲。

年少的战争总是短暂而可笑的，因为这次争吵，我和林依人一个多月没有说话，一直持续到新学期的开始。

她依然温柔沉默，不厌其烦地给我讲同一道题。

难得碰到停电的晚上，全班点起蜡烛自习，我趴在桌子上，林依人专心地给我讲现在完成时和过去完成时的区别。她依旧是那个很土很土的女生，一年过去了，好像稍微瘦了一点，又好像没瘦，看不大出来，但是我头一次在烛光下看着她，她的整张脸都映在橘黄色的烛光里，格外温柔，我第一次觉得，原来林依人也是很好看的。

分科后一学期，许言言又换了男朋友。对象不是她的青梅竹马，而是另外一个班的学习委员。我听说这个消息，又沉默了好几天，走在斑驳的树影下，想起关于许言言的点点滴滴，把眼泪抹干净，不知不觉走到了许言言的班级外面，看到她听着歌，利用课间的十分钟，跟那个男生在阳台上说着话。

到这儿，我才觉得，我为期两年的暗恋，终于结束了。

因为就算再次选择，她也没有选择我。从此我的目标便变成了大学。

我开始认真跟着林依人学习，每天晚上看书看到很晚，第二天早上踏着铃声走进教室，林依人已经在我的书桌里放了早餐。有同学议论和拿我和林依人的关系开过玩笑，她不回应，我也不多做解释，自然也就不了了之。我对林依人的了解依旧不多，她也很少谈及自己，我怕触及她不想碰触的地方，于是也没有多问。

以后的高中生活，也就如此。在大学这个词的动力下，原来以为漫长的高中生涯，比我想象中更快地结束了。

班会结束以后男生留下来布置考场，清理所有课桌里的东西。

我把林依人的桌子搬离留出过道，在放下桌子的时候，看到了原来放了一摞厚厚的书的位置，现在空空荡荡，只有一排整整齐齐的，我的名字。跟我同桌三年的林依人，知道我爱吃什么的林依人，把早餐买到教室里来给我吃的林依人，从来不问我为什么的林依人，答应我一切无理要求的林依人，占据了我大半个青春的林依人，偷偷在桌子里刻上了我名字的林依人，喜欢了我三年却从来没有跟我提过半个字的林依人。

在高考结束的散伙饭后，我还问了林依人一个问题："喜欢一个人的话，应该告诉她吗?"

"如果她也喜欢你，就告诉。如果她不会喜欢你，就一辈子都不要讲。"

我点头，"嗯，这个奖励给你。哈哈。看你的记性。我布置考场的时候捡到的。"我把手伸进口袋，拿出来，然后摊开手，手心里安静地躺着一个发夹，淡蓝色的 X 的形状，我当初称赞许言言头上的那个，一模一样的发夹。

我又把手握住，再摊开："而且，我想告诉你，你配得上。"

她接过去，说道："谢谢。"我和林依人去了不同的城市，念完大学以后，我去了一个更大的城市发展。

同学聚会，我搜寻了一圈，没看到林依人。

却看到了许言言。我和许言言已经多年未见。她很早就嫁人了。她还是像当年那么漂亮，我倒了一杯酒给她："你好歹拒绝一下我让我彻底死心啊！"

她问："什么拒绝？"

我说："我给你发的告白短信啊。我在被子里编辑了好久，结果一个标点符号都没回我。"

她一脸诧异："告白短信？我没收到啊！"

我愣了一下："原来没收到啊！"

她认真地点了一下头。林依人没来。她很少用社交网站，不传自己的照片，不写心得，也没有微博。可是我知道她已经瘦了好多，变成了真正的依人，做了英语老师，在当初我们念书的那所学校，他们说，她碰巧赶上去参加教研会所以来不了。

我从没喜欢过林依人，而我的青春里，到处都是林依人。晚上回家以后，我翻箱倒柜找出了当初林依人替我写的那封情书。

我不想说从第一次见你就喜欢这么俗气的话，尽管这是事实。

我不想说想照顾你与你度过余生这么虚假的话，尽管这是事实。

我不想说我真诚地爱着你胜过我自己这么自大的话，尽管这也是事实。

我只是想在此时此刻告诉你，我不嫉妒你爱的人，我不奢求不会发生的结果，我不拒绝你的任何一个请求，我甚至不想告诉你我爱你，如果我不能成为让你欢笑的那个人。

我不愿成为炙烤的烈日，不愿成为夏天的暴雨，我只愿成为，一阵穿堂而过的最温柔的风。我不想做骄傲昂贵的金骏眉，我也不想成为凉爽透顶的雪碧，我只愿成为静静等待你的那杯温热的白水。

你站在桥上看风景，看风景人在楼上看你。我不愿成为那风景，也不会成为那人，我只愿成为，支撑起你的那座桥。（杨美味）

穿越而过的盛大时光

总有时光提醒我们，
少年，不能相约。

城市规划，故园小镇将倾覆，于是同学们相约那一夏从各地返回，挽留最后的想念。夏将尽时，我独自回。有时，索览记忆，只需一个人，众多人只适合在花绽的叹羡里共鸣，一个人却能听到花开得仿若无声。

街还是那条街，巷也还是那么几条巷。砖瓦的屋舍以及几栋矮楼都好似夹了苍发，在阳光下清晰地灰旧。夏意还盛，只是街边的绿意都太过匆忙生长，各自一隅虽算茁壮，但因少了安排有致而显得处处都是疏落的生分。

那时的少年也是生分的吧。走下几乎被繁树遮掩的石阶，在那残阳还可看到依然红色的墙外安置着的邮筒。看似孤单，却在墙篱这么多年的影护下，依然憨然拙态不见斑驳色。那里曾经盛装着一封怯怯却干净平整的信，没有那时的汗渍，不沾现下的花香，我仿佛又看到那个朗然身姿的少年，小心翼翼地投递出人生初次的心事。

那封信后来被雨水吞咽了，在我慌乱的奔跑中。那个少年，自那时起便无由地提升了每一次我经过时的心跳，却更是彼此拂发而过地故作视而不见。那满篇信，其实不见情话一字半言，却将那时的豆蔻年华浅浅入了一味悠长。

还是那个教室，还是那个午后阳光最凶的位置。现在才知道，当时那个沐浴在阳光里的白衣黑裙的少女是多干净的风景，而那个身后一时恍惚看她的少年又曾经将多少静默在那样灼烈的阳光下铺染。

这个教室最后那段日子里的某一天，傍晚的时候，忽而有一句话飘过耳边：你的理想是什么？侧抬头，惹来的不知是满面夕阳的霞晕还是血液中飞漫的绯红，迫得我唯有低头不语。

多年后的今天，仍要对那少年道歉，不是我不愿回答，只因真的说不出我的理想。不再是儿时侃侃而谈的遥远科学家，而我又是在不知前路会在哪一座校园重新起程。总有时光提醒我们，少年，不能相约。

那句话，又荡在这个教室里，轻轻像风，那个少年，又似俯在我眼前，浅浅白衣。阳光刺目中，好似又一次摊开了我们那时的容颜。

还是那个操场，曾经是我们把欢乐散得最阔的地方，可如今看来，却原来是那样有限而古朴的空间。操场外仍是树木环绕，那些树也好似比我们长得还要快，几年间依然是密不见隙。场内青草依然旧时疏，跑道依然是那时的样子，走上几步，白布鞋就笼上了一层尘土。

那一侧的隔离网还在，那时女生在外面，男生在里面，踢着也许他们都不是太懂的足球。那时足够安静，没有现下足球场外的喧嚷，那时或者每一个女生的目光都凝注这一个渐渐成长的背影，那时的安静，适合带来更多不张扬的赏悦。

那时那个少年，如今仍真心地承认他的俊朗，远远的奔跑中看不到他的汗水和笑容，却总是感觉，这样的时光里从来没有阴天。

那张网，我如今以手相触，像那时一样矜持地撑住自己的探看。网还在，操场还在，我还在，而那个少年呢，又在哪一张我不知的红尘网里或是网外?

那时怎么从来没有发现，竟然会有这么多的拐角。那个少年转身回家的地方，自己走出家门的巷口，教室的楼梯，还有那个街边唯一站牌处。原来有这么多的拐角处，于是那时我才会那般每天不停地与他遇见。他的绿书包总背在身后，略略的旧，他的白衬衫总是让我奇怪为什么会那么白，总以为他亦像我在泛黄的白布鞋上涂抹了粉笔一样。那时感觉，拐角揣着那么多怯怯不敢承认的轻喜，因为遇见总能在那里不期而至。

走到那条最窄的巷里，我回首，似乎仍然感到那个少年就在拐角的地方。多少个晚自习后，在这个最暗的地方，我都能够回头便看到一抹白衬衫在拐角处略略显露。那些最静的夜里，从来没有一个人的恐惧，我像白衬衫之上安然而落的蝶，有他的心跳让我安然收翅。

倚在那处拐角，不知是夏里最后的热杨所致还是少年的体温犹在，已写了“拆”字的那一面墙，竟然有了无法倾颓的青春盛气。

街边的一个小工厂门口放着一辆单车，浅黄的颜色，小巧的车身。那时那个少年的单车却要比它实在而壮硕，可以载着两个揣了那么多懵懂而忐忑之心的少年奔赴考场。我还记得那时的发辫松散，额头的汗将刘海儿浸透，我只是至今都不知道那个少年是如何在我狼狈时登场，他用一辆单车解救了我的迟到。少年时光不短不长，我与他，却也仅有这一程仓促的同路同行。

那一次考试后，我留给那少年的只是一句谢谢，喃喃低语，若风烈一些，他都听不真切。自那以后，我的考试与上课从来没有迟到过，那时候就固执地拒绝让那情节重复來过。我不期盼，那时的少年会懂我，我也不觉得那时自己倔强的青春可以判定对错。只是，我们实在没有权利在干净的岁月里播植，因我们不知，日后它生长的是青稞还是莠草。

多年后，单车已经不多见到了。可是，那个少年他永远都不知道，我的手机里藏录着一串单车的铃响，那是我心上多年休憩时的风铃，每每播放，便会让我摆脱成长的坚硬，还我少时的熟软轻灵。

记得那个少年是在最后起程，拥挤的车厢里，替人安顿好一个又一个行囊，每每我都会在他的注视下垂首，连轻声的再见都艰涩得说不出口。

可是，他始终是我唯一探寻的背影。他的行囊总是简单，不算满的双肩包，高挺的身姿，就那样穿梭在人群中离开，醒目赫然。他依然喜欢穿白衬衫，露着似有一丝稚气的丰足的笑容走过，车站在学生潮中，便多处流淌着追随的目光。他渐行渐远了，我知道，那些目光却离他会越来越近，或者，有一天会有一双目光温婉地与他并肩。而我，却仍然没有勇气与他殷殷相望。那时，我们的距离不再是彼此的脚步，而是，遥遥的两座城。

也许，我早就知道，我与那个少年，都有自己人生的行囊，轻或重，都不能卸下在同一个地方。所以，我只能守住青春斑马线上那一时的绿灯，在他穿越少年的马路上，做他不知觉的身后行人。

我和仍留在家乡的同学佳见了面，她絮絮地讲述着这一夏天大家欢聚的情形。佳拿出一个簿册，那时同学们给这个小镇最后的留言，一页一个人的笔记，或清晰或潦草，都飞扬着长大的痕迹。最后面的那一页留言，有他的名字，我凝视了好久。佳说，他最是勤快，将这里的一切走了个遍，最后留言时却只留下这一句话。见那字，遒劲而稳健：我爱你，再见。

我于后页浅浅落字：不复旧时光，轻轻安放。（书洛）

不是每种爱都会让人心疼

可这万世尘缘不都如此吗?
一生能爱许多人，
但唯有一人，使你至死心疼。

初见她时，天上正微洒着蒙蒙细雨。她怀里抱紧着书，一路踽踽前行，像个受惊的孩子，背影瘦得让人心疼。

他撑着一把黑色的叠伞，悄然跟在她的身后，看冰凉的雨点如垂暮之花一般濡湿她的发梢。

他怕鲁莽的行径会把娇柔的她给吓坏。于是，他想出了一条绝世妙计——他以轻柔的姿势停在她的身前，诚恳地央求道，同学，你能帮我拿下伞吗?

她接过他手中的雨伞，莞尔一笑，只字不语。而他，却如触电一般，转身便跑。

夜枕于床，他眼前时常浮现出那双含泪幽怨的眼睛。他忽然很想找到她，和她说一句动情的话。

次日，他们再度相见。偶尔的重逢，使他们相视而笑。天上依旧飘着蒙蒙细雨。他见她手里握着那把黑色叠伞，心中欢愉万分。

清晨，他在她的宿舍楼下等她，只为那段能同行百米的路程，午后，他在图书馆门口左右徘徊，只盼能与之相见，并听其轻柔说声，嗨，好巧；深夜，他的脑里梦里全是她的眼睛，那双特有的鸽子灰瞳仁，时常让他心疼。

临近毕业时，他终于告诉她，这几年一直想要说出口的那句话。她笑了，眸子里闪出泪花，背靠着鹅黄的墙壁，渲染了这一场痛彻心扉的别离。

她始终不肯随他而去，即便她清楚地知道，他有多么多么爱她。上车前，他笑了，清了清嗓，温柔地说，无论如何，还是朋友，不管到了哪座城市，一定要告诉我详细地址。

这是他们最后的约定。

安定后，他第一时间把自己的地址发进了她的邮箱。半月后，他在南方的小镇收到了她的来信。信中，除了如实相告一段时光的真相，再无其他。

原来，她的心里一直装着另外一个人。他忽然落泪了，感慨世事无常，造化弄人。

她再没给他写过任何信件，而他，亦没有她的地址。

后来他遇见了许多美丽的女子，亦爱了许多萍水红颜。只是，再没谁能像那般，使他魂牵梦萦，心如刀割。

可这万世尘缘不都如此吗？一生能爱许多人，但唯有一人，使你至死心疼。（佚名）

卷　五

我很好，希望你也是

谢谢你给了我最温暖的爱，虽然最后的最后，我们还是没有再相逢。我想快乐，为你，为我，为我们。我知道，即使没有当初的爱，你还是愿我一切安好。

青涩的爱情，
碾碎在长大的脚步里

在追求中成熟中明白感情，
在错的时间遇上对的人，
或者对的时间遇上错的人，都是一场心伤。

闲时思索，爱有对错吗？不得而知，只是知道，大家都认为不对的那就一定不对，所以努力地不成为另类。在追求中成熟中明白感情，在错的时间遇上对的人，或者对的时间遇上错的人，都是一场心伤。

听说，当天空下起太阳雨的时候，就会有一位善良的天使落入人间。抬头望天，我在等待我的天使。

上高中的时候，我来到一个陌生的地方，来来往往的人群我却一个人寂寞，直到我跟她相识。

她个子不高，瘦瘦的，不过皮肤白里透红，微笑起来像天使一样……一见钟情的邂逅，我们相恋了，在学校的很多角落，到处都有我们的身影和欢笑。我们像等不及成熟的枝丫肆意地张扬爱情。学校的领导、宿舍的老师、门房的大爷都认识了我们，我们成为老师们关注的焦点，也成为他们头疼的反面教材。早恋在中学校园里是暗暗滋生的罂粟花，散发着迷人的诱惑，因为害怕形成一定的影响所以到处受到打压。

开心的日子总是那么短暂，花前月下，林荫丛中，两个年轻人沉浸在初恋的梦幻中，迷失在此间，快乐得彻底。考试悄然逼近，才发现书到用时方恨少，荒芜了太久的学业让门门功课大亮红灯。老师们的谈话，家长们的“招待”，一切的苦口婆心，让我充满了沉重的负罪感，不该来的爱太早来。看见她拿着成绩单偷偷落泪，很惭愧，是我害了她吧。虽然面对我时，依旧嘻嘻哈哈，但是我很心疼。

转眼间高二来临，课业渐渐加重，学习的压力让我觉得我们再不能这样下去了。我们约定要为大学的梦想努力，前途都没有，谈什么爱情，她也答应。老师家长山洪一般的咆哮过后，接下来的日子我们学会了刻意的回避，只是课间用传字条的形式抒发一下情意。生活千篇一律，五彩斑斓的心境一下子又回到了黑白人生。课桌上山一样的书，垒起了压力的厚度，尽管我们每天见面，但沉默背后似乎有一种分手的诀别，两眼对望时的无奈，让这份青涩的爱不堪忍受，惆怅弥漫心间。

时光流逝，停不下长大的脚步，庸庸碌碌地重复着每一天，努力埋葬记忆的影子，在千百双雪亮眼睛的监察下，我们的爱情被扼杀了。感情的寄托深埋心底，我们约定，彼此鼓励，把爱封存，待到我们真正长大了，再继续。

青春之所以美好，是因为我们还有希望，灿烂的年龄未来的路，无论怎样，希望在前。（佚名）

十八岁的单车

只是那个男孩从来都没有明白，
为什么在他破坏了那么多次我的单车之后，
我却从未想过换个他找不到的地方停车。

不知从何时开始，我越来越在意邻桌的那个女生了。

她叫陈小米，人不是非常漂亮，但是很好看，有许多男孩子都在追她，可是谁也别想得逞！她成绩很好，所以她不谈恋爱。因着这个原因，我只能将对她的喜爱埋在心底，我不敢想象被她拒绝的场面和心情！

陈小米是走读生，她的家在城南，不是很远，骑车十分钟就到，走路要半个多小时。陈小米有一辆很漂亮的单车，蓝色的车身，红色的装饰。我曾数次看到几个小地痞站在她自行车边上，意欲盗窃。我不敢招惹那几个地痞，所以只能将自己装成车主，走上去想拉走，却发现被锁着。于是嘀咕一声：“钥匙又丢了，又要等爸爸来接了！”

小地痞走后，我就飞速地弯下身去，将自行车的气门芯给拔掉，匆匆放入口袋。

放学后，陈小米发现自行车的气门芯没了，急得团团转。我骑着单车从她边上经过时，总会刻意地停一下，再看看她。每一次我都想对她说：我载你走吧！可是每一次这句话都不曾说出口。因为陈小米从未在意过我的存在，她急过之后，要么推着单车走，要么干脆将车子锁在保卫处边上，走路回家。

这个时候，总会有人大声喊道：“陈小米，我载你回家吧！”

开始的时候，一听见这句话我心里就会紧上一紧，慢慢地就再不介意了。因为我知道：陈小米不会搭任何人的单车，她低着头谁也不理，她宁愿走路回去！

明知道是这个结果，我却改不掉拔她气门芯的恶习，在那个青涩的年代，有些事情总是显得可笑而又单纯。很多时候，我会装成车子也坏了，不远不近地跟在她后面走着。当见着她进入家门后，立即飞速上车回家去，再晚天就黑了！

仔细想想，同班三年，我竟没有跟陈小米说过一句话。我很清楚，再不有所进展，我们也许永远也没有交谈的机会了。因为马上就要毕业了，陈小米的成绩非常好，她一定会去一个我无法到达的地方继续学习！

那个自习课上，我终于鼓足了生平最大的勇气，小心翼翼折好一个千纸鹤，趁着同学们低头做功课的机会，慌乱地扔给了陈小米。随即低头做起了作业，天知道这个时候我心里有多乱，可是我必须装出冷静的样子啊！因为我在那张纸上写着："小米，今天放学后我载你回家，好吗？"

我不敢掉头去看陈小米，我不敢想象她会做出怎样的答复。就在我胡思乱想之际，一只大手出现在了我面前，轻轻地敲了敲我的桌子，什么话也没说就走了。我吃惊地看见，那手里拿的分明就是我扔给陈小米的千纸鹤！

是我扔错了地方，还是扔的时候被老师发现了？或是陈小米暗示老师下来拿的？我一下子下不了判断，脑子里出现了前所未有的混乱。毫无疑问，我将受到惩罚，因为这个学校明文规定：学生不得谈恋爱！

意外的是，老师并未找我的茬，只是在下课时轻轻对我说了一句："马上毕业了，别惹是生非！"我感激地点点头，再去看陈小米，她正低头写作业，一如既往的沉默！

那一天，我没有拔陈小米的气门芯，放学时经过她的身边，她正低头去检查气门芯，在抬头的刹那，我发觉她那孩子般的眼神，满是疑问地看着我。当下脸一红，慌乱地骑上单车走了，那个傍晚，我破天荒地早早回到了家！

我终于明白：喜欢上那个女生，注定是要自卑的，她是那么高傲而又孤独，在她的心里，唯有学业！

高考如期而至，考语文时，作文要求是青春无悔，题目自拟。我毫不犹豫地在上面写下了六个字：十八岁的单车！我将自己青春的伤痛一览无遗地写在纸上，写完过后，我感觉出自己的眼眶已然湿润。

那个暑假，我骑着单车逛遍了这个小城，却再也不曾遇见陈小米。当我领取到师范大学的录取通知书时，我才知道，在一个多月前，陈小米已经随家人去了北京。因为她被北京的一所重点大学特招了，于是她爸爸在那买下房子，开始了新的生活。

我也从此告别了单车。

再次回到母校，已是四年后的事情。我大学毕业，回到母校任教。看着学生们欢乐地骑着单车相互追逐，想起数年前，自己竟将这些快乐时间全花在了那个女孩子身上，却不曾换来她的一句交谈！我心里酸酸的，但是一点也不后悔，是的，青春无悔！

一次同中学时的班主任谈起作文这事，他笑呵呵地说：“那些作文的内容我已记不清楚了，只记得当时我们班有两篇作文题目是相同的，都是十八岁的单车。一篇是你写的，另一篇是陈小米所写。”

我怔了一怔，看着老师似笑非笑的表情，我突然领悟：他其实早已知道我那段朦胧的恋情。之所以会在那节自习课上，发现我写给陈小米的字条后，委婉地告诫我不要惹是生非，仅仅因为他是位懂得方法的教师！

那晚上我特意请老师吃饭，酒过三杯，我们又谈到了那节自习课的那张字条。他笑着说：“虽然只有两个字，可我一直都有记着呢！”

两个字？我愣住了，忙问是哪两个字！

“好的！就这两字，其实是陈小米传给你的，当时之所以没找她谈话，是因为她是女生，性格孤僻，成绩又好，怕影响她学习，这点你不介意吧?”老师端起酒杯，满脸笑容！

我傻傻地笑着，心里仿似打破了五味瓶，说不出什么滋味。那个晚上，借着雪亮的月色，我骑上一辆单车，去了一趟城南，一路上，我想象着车后带着一个女孩子，一个叫陈小米的女孩子……

一段时间后，我在校园报上发现了一篇散文，上面写着：“……只是那个男孩从来都没有明白，为什么在他破坏了那么多次我的单车之后，我却从未想过换个他找不到的地方停车。为什么在单车罢工之后，我宁愿走路回家，也不要让别人载。那是因为，我也有一个期盼，偷偷希望有那么一次，他在弄坏我的单车之后，对我说：上来吧，我载你回家！”

文章署名是陈小米，顶部有着大大的三个字：名人堂！

我怔怔地看着，泪流满面！知道，这些文章都出自往日学校骄子之手。但是我却一直不知道，我弄丢了十八岁最美好的事情……(曾子健)

氧　化

少年不懂得誓言的脆弱，以为那会永生永世。
少年也不懂得记忆的永恒，以为那只是虚无的东西。
其实，反而是无形的记忆胜过有形的誓言。

时至今日，依然会做化学只考了56分的梦。

老师站在讲台上，抑扬顿挫地念出每个学生的名字和分数。念到我时，“56”被同桌的男生听成了“96”。“哇，你进步了！”他大声地说，带着些因不可置信而凝结成的讽刺。老师从深度眼镜片里抬起眼睛更正道：“是56分！”于是全班冷场。

这一次我梦到我的同桌。他个子很高，长相平平，处在变声期的嗓音有些沙哑。他唯一的优点是骑单车的样子比较帅，理科学得比我好，但是他根本没把心思用在学习上。

我不得不承认，那所学校的很多人都比我聪明。他们似乎也不听讲，上课和自习总是在玩，比如我的同桌。他总带一些新奇的玩意儿，有一次他带了一个微型防狼器，可以发射催泪弹。老师喊到他的名字时，他不小心按动了催泪弹的机关。

可想而知后来那堂课变成了什么样子。全班都在催泪弹的射程内，无一人幸免。在我以为我快要死掉的时候，有一个声音在我耳畔说："屏住呼吸。"

他把我拉起来，迅速跑出教室。我的手因惊吓和受袭而变得僵硬冰凉，他的也是，像两块玉石碰触在一起。

我看《飞行的鸟》或者《人体内旅行》都会流泪，只因一句简单的解说。有人说，科学往往比文艺更能煽情。《人体内旅行》讲我们的身体从出生到死亡所经历的各种代谢、各种变化，从幼年到成年，繁殖了后代，然后慢慢衰老。解说里有一句："人类是所有动物中，拥有最长青春期的动物，这个时期的很多记忆，会让我们永生铭记。"

我记得那些快乐，也记得那些不快乐。

一个男生总是捉弄一个女生，一定是因为他喜欢她。很久以后我才知道这句话。其实不一定是多么有道理的一句话，但是在我的身上应验了。

他在高考后约我去动物园走走。为了看一头生了红斑病的大象头顶的心形图案，我们爬到了一棵大银杏树上，我爬上去就不敢下来了，他在树下接着我，让我落在他的手臂里。

那是我们第二次接触，与催泪弹那次相比，他的手变大了许多，他的臂膀有力，我闻到他身上清香的洗衣皂的气味，他的手……我从不知道男生可以有那样柔软的手掌。

我们的脸都羞红了。从动物园出来，我们各持一根雪糕压惊。

十七岁的夏末，我们一个去往南方的海边，一个去往北方的海边，各自的大学都在海的尽头，海水依然把我和他相连。他对我说："每一次涨潮就是我对你笑一次，每一次落潮就是我想你一次。不会改变。"

少年不懂得誓言的脆弱，以为那会永生永世。少年也不懂得记忆的永恒，以为那只是虚无的东西。其实，反而是无形的记忆胜过有形的誓言。

从那时起我们没有再见过面，时至今日已经完全没了联系。这是时间的恩赐，让一些美好得只能用水晶瓶封存起来才好观赏的记忆，静默不被惊动。比考古的珍贵文物更值得小心对待的，是那些柚子一样酸而甜的、青涩的回忆，是应该永远保护它们，不要被时间的呼吸氧化。

氧化？嗯，氧化。我又想起那一年的化学课。（卷毛小）

彼年花事了

喜欢上一个心有所属的人，
是无奈，是不能随意揭开的秘密，
唯有隐藏，才是对彼此最好的保护。

花帘从小便是个内向乖巧、少言寡语的女孩，但即便是这样的她，也曾做过一次出格的事——离家出走。

她出走是在小学毕业的暑假。她背上了维尼熊小书包，装满了各种零食和不多的零钱，手提一只粉红水壶，就在一日晚饭过后不动声色地离开了家，没有留下任何字条。

七月盛夏，破旧的火车硬座车厢内怪味弥漫，有两桌男人女人在玩纸牌，张口皆是脏话，使得整个空间更显燥热。花帘靠在一个位置的边沿上，硬挺着疲惫的身体，她记不得究竟站了多久，也不知还要多久才会到。这是她离开家的第四天，钱在买完最后一张站票后终于所剩无几。而她也已四天没洗澡，没换洗衣服，身上的味道连自己都难以忍受。

你累了吧，要不要坐会儿？突然，一个男孩走到她面前这么和她说，并指了指离她不远的一个座位。他留意了她很久，看得出这个女孩应该很累很渴，嘴唇几近苍白干裂，但还在撑着。她说了句谢谢，摇摇晃晃走到男孩的座位边，一下子就蹲在了地上。

你没事吧？男孩在她身后迅速搀她起来，并给她买了瓶水和一些吃的。很久以后，她已记不清自己当时有没有哭，只是记得有一个男孩一路陪着她，和她讲话，教她玩乌龟跳，驱走了眼前的黑暗。

这是花帘第一次遇见李逸。那年，她十三岁，父母离婚，她接受不了现实；而他十五岁，母亲再婚，他出逃他们的婚礼，遇到了同样在逃避的她。两人在言语里互相安慰，并答应彼此一定要挺过来，父母有他们选择的权利。

早熟也许是种不幸，但她和他都相信，即使如此，他们也定能在黑暗里寻到一丝光明。

当四年后，花帘再次在高中的校园里撞见李逸时，他已是帅气健硕的男生了，还有一年就将毕业。

那日下课后，她和朋友舒叶站在篮球场边，她呆呆地望着他，有点儿不敢相信自己的眼睛。他比以前高了，发型变了，可她还是一眼就认出了他。

“喂，你怎么看得眼都直了？”舒叶碰碰她的手臂，露出一脸的坏笑。虽然她们刚进高中，认识不久，性格又相去甚远，花帘安静，舒叶活泼，但可谓一见投缘，熟得比任何人都快。

没有，见到一个熟人而已。花帘掩饰地冲她笑了笑，视线瞬间就转移到其他地方。

舒叶转了转眼珠，也不揭穿她早已脸红的事实，陪着她继续站在原地。

临近黄昏，天色渐暗，秋风已起，球场上观看和助威的人越来越少。李逸将球还给体育馆后，正准备一个人去吃饭，花帘瞅准时机，在他身后轻喊，李逸。其实她很怕，他忘记了她怎么办。

他回过头望着她，眼神先是迷茫，后是惊喜，他不确定地开口，花帘？他其实也怕自己认错了人，眼前的女生会是当年的小女孩吗？

她拼命压制住那颗快从嘴里跳出的心，冲他点头招手，却再也说不出别的话，是感动得无法开口，他竟还认得她。

小丫头，头发长了，差点儿认不出你了。他快步上前揉她的长发，仿佛相识了很久很久。

傍晚睡觉前，舒叶照旧坐在她床边，有意无意地小声讲起她听来的小道消息，关于李逸的。

花帘便知道了他学习优异，并在班上有一个同样优秀好看的女朋友，所有人都说他们是金童玉女。

这一夜，她躺在床上，辗转反侧，最终是在对他的祝福中入了梦乡。

尽管他们同校，但隔着一栋教学楼，加上高三愈发紧张的学习氛围，花帘极少能在操场上见到李逸。只是偶尔，在做完早操回班级的时候，她能远远地看见他隐没在人群中的身影。

她祈祷，就让这样的平静安宁一直持续到他高考吧。

五月初的蔷薇花一朵接一朵地开在了校园路旁的灌木丛中，阳光下，花繁叶茂格外美丽。

一个周末，她和舒叶坐在路边的栅栏上，把玩着朵朵蔷薇，两人什么也不说。舒叶终不是能忍住不说话的人，她问花帘，其实他人挺好的，为了一个李逸放弃一片森林值得吗？花帘知道她说的他是谁——刘博，一个平凡的男生，性格温厚，不会引起多少人的注意，不过有一次，他在座位上低头在草稿纸上写花帘的名字，舒叶正巧在后面瞧见了，故不得不坦白。

可你知道，我不喜欢他。

舒叶听到后，心里反倒舒了一口气。她想，人真的很傻，明知得不到，却还不死心，做最后的挣扎。刘博是，花帘也是。

而在高考后接踵而来的变故，是他们谁都没有料到的，特别是李逸。他差了三分，没能和他女朋友考到同一所重点大学，挣扎了几天，他作出了一个重大的选择：复读。

听到这个消息时，花帘怔了，痛了，也有点儿小开心，她多么鄙视这样的自己。舒叶则对她说，也许这是个好机会。花帘就不出声了，低着头不知道在想什么。

开学后，花帘升高二，换了教学楼，和李逸的班级只差两层楼。舒叶笑，你看，上天都在帮你。花帘摇头说，他是有女朋友的。

直到十二月初，天渐冷，北风缓缓袭来。花帘再次从舒叶口中得知，李逸和他女朋友分手了，女生在大学找了新的男朋友，不愿再等他了。花帘就联想起了接连几日，他依旧穿着单薄的短衣校服，在晚自习后独自在篮球场上打篮球，咚咚咚的声音回荡在偌大的操场上。

几日后的月明之夜，天空格外明亮。花帘趴在顶楼的天台上，手中暖瓶里的水已渐凉，视线却始终不离楼下月光中他的影子。

许久，她来到了场边，唤他，李逸。他回头，球就从手中跌落，滚到了一边。

她将地上的衣服捡起，走过去递给他。天凉了，你多穿点儿衣服。她不知道自己的话有没有分量，至少要试一试。

他拍拍她的头，小孩子会关心人了。

什么小孩子，我才比你小两岁而已？她的声音越来越低，直至消散在空气中。

我们走吧，小心感冒了。说完，他转身就去捡球，仅一个瞬间，她没瞧见他眼底的悲伤，已爬上了他干净的脸庞，再一个照面，他又恢复成那个豁达从容的他。

很快走到了分岔路口，临别前她问，这个周末你有空吗？我想和你去个地方。

他略一思索，好。

看着他风轻云淡的笑，她的心隐隐作痛，有那么一刻，她甚至希望他可以敏感点儿，能觉察出她对他的感情。

分开后，花帘终究还是回了头，黑暗的流光下，她眼里映满了他的背影，无限地扩大再缩小，最终消失在了尽头。这一幕，像极了那一年，他送她到车站，她跑到车的尾端，望着他渐渐离去的身影，总有什么感觉在这刹那跌落，再也寻找不到。

后来，舒叶幽幽地说，这表面是不舍是心疼，但里面裹着爱，你虽然能剥开它，但剥开后那未成熟的果子你吃不了，最终只能任它溃烂，所以不如一开始就不要动它，或许是种保护。

花帘不懂为何舒叶忽然改变了态度。其实花帘不知道的是，舒叶喜欢上刘博了，她才真正明白，喜欢上一个心有所属的人，是无奈，是不能随意揭开的秘密，唯有隐藏，才是对彼此最好的保护。

周六，花帘和李逸一路闲聊慢慢走到了火车站旁，任捆住记忆的绳索慢慢松开。

她抬头仰望蓝天，深呼吸了一口，再深深地望着他，问，还记得你在这儿说过的话吗？

他摇了摇头。她说，你说过，很多事情不可勉强，该散的时候就让它散了，也许将来还能友好地聚在一起，谈天论地，亲情如此，爱情也是一样的，这些道理你比我懂，且懂得早。

他的眼睛就这么一直望着她，久久都没有眨一下。直到他的唇微微张开，唇角的弧度也一并扬了起来，只轻轻地说了一句，丫头，谢谢你。

数月后，李逸如愿考取了省外的一所重点学校。临别前，他刮了刮花帘的鼻梁，说，你要听你母亲的话，要努力学习，否则我走得不会安心。他每说一句，她就狠命地点头，眼角的泪水却始终没有滑落，她不愿他看到她泪流满面的模样。

后来，她和舒叶也各奔天涯，但依旧保持着联系。不久，花帘知道李逸有了新的女朋友，她温柔似水，待他极好。舒叶也有了一个很爱她而她也爱的男朋友，她为他们感到幸福。

有一种爱并不卑微，亦不是退让和成全。她一语成谶，她欠他的恩情，即使是需要她的爱情来偿还，亦是心甘情愿。

再后来，花帘在日记本里写道：尽管我不能陪着你蹉跎岁月到永远，但每个人都有重新开始的机会。

彼年，花事了。（桅鸢）

那些被错过的幸福

剎那间，我真想令时光停住，
好让我回顾自己，回顾失去的年华，
缅怀那个身穿短小连衣裙和瘦窄短衫的小女孩……
让我追悔少年时代我心灵的愚钝无知，
它轻易地错过了我一生中本来可以获得的欢乐和幸福!

第一次见她的时候，我正在图书馆的角落里翻寻屠格涅夫的《父与子》。而她，似乎根本不曾注意我的到来，独自捧着那本陈旧的《茶花女》，眼泪潸潸。

我要找的那本书，与她靠得极近极近，因此，我不得不鼓足勇气，放下一个自卑少年对异性所具有的怯懦，慢慢地向她靠近。最后，踮起脚，以几近歪斜的身姿，取下了那部泛黄的书。

环绕在她周围的淡雅的茉莉清香，也是在那短暂的一瞬间，扑上了我的面颊。我显然有种措手不及的惶恐，狼狈地朝着光亮的出口处逃窜。许久许久，胸膛里的余悸，都还如旺盛的篝火一般跳动。

此后，我再忘不了那样的一个场景。在昏暗的书架中，一个穿着洁白裙裾的姑娘，为躲避众人的目光，独自倚着几寸日光，读那感人肺腑的《茶花女》。我想，我该为这样的相遇写点什么东西。这样，我便可以凭借倾吐，将这份纠结的情绪，慢慢忘却。

我并不能忘却。尤其是某一次做课间操，心血来潮站到前排，恍然看到她消瘦的身影后，更是难以自拔。她是真瘦了许多，以至于显得有些憔悴。兴许她也发现了这个问题，才不得不穿一身宽大的运动服，以便看起来协调些。

自此，每每喜欢挤在人群后面的我，开始逐渐越到人群前面来。我似乎迷恋上了这样日渐清晰的靠近。直到有一天，我发现自己已经站到第一排去了，已经无法再与她慢慢靠近了，我才猛然有一种莫名的伤悲。

我该把广播体操做得更标准一些，兴许这样她便会注意到我。于是闲暇时，我就对着镜子，一遍一遍地纠正自己的动作。因为动作的规范和娴熟，我成了班里的领操员，不用争分夺秒下楼，也能站在人群的前列。

众目睽睽下的五分钟，逐渐让我变得开朗起来。我不但可以理直气壮地帮助班里的其他同学纠正动作，调整队形，还能面不红心不跳地与前排女生对视几秒。

她有没有回头看过我，我不知道。兴许是有过的，只是，那偶然的惊鸿一瞥里，定然不会有我这平庸身影的定格。

我想，我该勇敢一点，去告诉她，有一个少年，正苦苦地暗恋着她，并且因为她而逐渐变得勇敢和开朗起来。我一直这么想着，这么盘算着，甚至写好了信，想好了对白，就等待一个四下无人的时机，递交给她。

这样的时机其实有过许多次，可我始终不能伸出双手，那么镇定而又泰然自若地与她问好。对于她，我似乎永远都是那一个怯懦而又自卑的少年。唯一能做的，仅仅只是朝着光亮的出口，仓皇逃窜。

这辛苦的暗恋陪我走过了少年，让我在三年的高中生涯里，不经意地从人群中剥离出来，褪去青涩的外壳，长满成年的羽翼。

很多年后，无意间读到尤里·纳吉宾的《热妮娅·鲁勉采娃》，被其中一段热情的文字感动得泪眼涟涟。“……刹那间，我真想令时光停住，好让我回顾自己，回顾失去的年华，缅怀那个身穿短小连衣裙和瘦窄短衫的小女孩……让我追悔少年时代我心灵的愚钝无知，它轻易地错过了我一生中本来可以获得的欢乐和幸福！”

可这错过的幸福啊，也曾那么真实地丰满了一个少年的羽翼，让他在无形中变得羞涩而勇敢，茫然又坚定。（佚名）

亲爱的卡西莫多姑娘

她遇见很多能言善辩、出口成章的男生，
但是唇红齿白之间再没有一个人说出那样令她刻骨铭心的话。

二〇〇三年的徐维雅是个骄傲的女生，扎高高的马尾辫，走路的时候昂头挺胸，目不斜视。所有人都认为徐维雅有骄傲的资本，比如每周一升国旗之前，撞击大钟的人一直是全年级第一的徐维雅。

每当雄厚沉重的钟声回荡在年代久远的校园，金色的阳光均匀地撒下，所有的男生女生从教学楼蜂拥而出时，都会看见亭子里单薄的徐维雅，在用力地撞钟，一下，两下……那是无上的光荣。

所以，即使徐维雅昂着下巴，目不斜视，微微一笑就回答了同学远远打过的招呼，那又怎样呢？她是全年级最优秀的学生，十七岁能比来比去的东西其实乏善可陈。这一切很美好，徐维雅在所有人的羡慕中强大地保护了自己，如果姚远方不出现。

每次开学都有新同学转来，他们或者是穿长裙子的漂亮女生，或者是穿白衬衫的翩翩少年，很快像水滴落进大海，与新班级相处融洽，连带着融洽了徐维雅所向披靡的优秀和骄傲。而姚远方的出场很一般，以至于很久以后徐维雅才知道那个懒洋洋的爱对漂亮女生吹口哨的男生叫姚远方。

他的口哨吹得和他的人一样痞痞的坏，就像他转学过来的第一天，斜斜地靠在椅子上，对着班上长得像张韶涵一样的女生，大大方方地吹了口哨。两秒钟后，所有的男生笑着鼓掌、起哄，像张韶涵一样的女生起先红了脸，瞪着姚远方，可是后来笑意浮上她的嘴角。徐维雅就转过头去看刚转来的这个男生，他细长的眼睛弯弯眯起，笑起来的唇线很长很张扬。不知为什么徐维雅愣了愣，然后迅速转回来，脸微微发烫，同桌很关心地说："徐维雅，你的脸像合欢花一样红。"

龙卷风的中心总是一片晴朗，风和日丽，哪怕它方圆百里已经波涛汹涌，人尽皆知，徐维雅还是像个没事人一样。她一如既往地昂首挺胸，考一成不变的第一名，对所有人拒之千里。可是她渐渐发现有人在她走过时忽然轻轻一笑——莫名其妙而又不可救药的笑，带着嘲讽和可惜的意味，徐维雅就真的不懂了。

周一升国旗之前徐维雅又去亭子里敲钟，这一次她不是孤单的一个人。姚远方穿着松松垮垮的校服站在亭子边靠着柱子，他说："早上好，卡西莫多姑娘。"徐维雅愣了，她显然没听懂，但这不妨碍她敲钟。她甚至不想和姚远方说话，更用力地撞钟，钟声在安静的早晨厚重而清晰，所有去升国旗的同学经过亭子时都看看他们俩然后摇摇头笑了。

姚远方在钟声响过后像个胜利的将军一样凯旋离去，而徐维雅在升国旗仪式结束后冲进图书馆，翘掉上午四节课读完了《巴黎圣母院》，明白了卡西莫多是谁。

于是那个一向骄傲、昂首挺胸的徐维雅伏在桌子上呜呜地哭了，这使她驼着的背显得更弯，弓起来像驼峰。窗外的合欢树长得很高很高，枝丫拦在二楼的窗台，粉色的扇形合欢花一团一团开到极致，徐维雅哭红的脸更像合欢花。

很多年后徐维雅走在陌生的城市，路口拐角处有一大棵合欢树，叶子疏疏散散遮了大片阴凉，她还是会想问，是不是十七岁的男生，依然不够成熟?

学校在上午两节课结束后有一段二十分钟的大课间，大家站在教学楼前做广播体操。卡西莫多姑娘的流言在最初盛行的时候，姚远方总是跟在徐维雅身后，在汹涌的人群中踩她的鞋子，吊儿郎当的样子。徐维雅很生气，可她不发作，不转身也不说话，穿好鞋子跑到班级最后的位置。没办法，姚远方是体育委员，他要站在队伍的最前面，徐维雅就这样轻而易举地远远躲开了姚远方。

流言在时间的沙漏中缓慢地沉淀下来的时候，徐维雅已经升入高三，调入学校的实验班，在教学楼的最高层。站在五楼的走廊可以看尽学校所有的合欢花，近处的远处的，高处的低处的，开过的未盛开的，层层叠叠。下楼做课间操拐到三楼的时候会看到姚远方靠着栏杆，他不再懒洋洋而是笔直地站立，偶尔双手插在口袋，微笑的样子很安静。

彼时长得像张韶涵一样的女生已经被大家叫作小张韶涵，她作为艺术生也搬到五楼。小张韶涵高瘦修长，爱穿白色的裙子，在课间铃打响的时候快步跑下去。

每次徐维雅磨磨蹭蹭走到三楼都能看见姚远方和小张韶涵在说些什么，小张韶涵挺直的肩背和齐腰的长发都使她愈发的亭亭玉立，而恰及姚远方下巴的个头让徐维雅才发现那个穿校服松松垮垮的男生正在拔节般地长高。徐维雅就别过脸去装作没看到，可他们总是或前或后地走在徐维雅身后，那些欣赏的目光多多少少掠过徐维雅，她真想转身狠狠推姚远方一把，吼一句：你走开！

那个时候的徐维雅以为自己是不屑于这样的喜欢，有什么好羡慕的呢？姚远方在成绩最差劲的班里，考少得可怜的分数，带着一帮男生联网打游戏，因为兄弟义气和外校的学生打架，跨着自行车载着小张韶涵穿梭于校园。他把问题少年的所有标签都贴到自己身上，应该很不招人喜欢，可在每一个做操的大课间，还是有很多男生大声地喊他“远方”，有女生礼貌地跟他打招呼。

姚远方是不是差劲到只有语文成绩才能拿得出手，徐维雅不清楚，但是能起出卡西莫多姑娘这个异域名字的人却是姚远方。所以代表高三年级参加全国语文能力竞赛，姚远方坐在徐维雅身后时，多多少少让徐维雅惊讶了。

初赛的考场设在本校，大家的能力旗鼓相当，而要代表学校去参加复赛就必须在初赛中遥遥领先。徐维雅卡在了几句古诗默写上，她正苦思冥想时，有一张填得满满的卷子飘在徐维雅的桌子旁，她只是习惯性地弯腰去捡，就像捡掉在地上的橡皮、铅笔。可是监考老师走过来，厉声说：“徐维雅、姚远方，你们出来。”

站在走廊上的徐维雅百口莫辩，她急得眼泪掉出来。姚远方靠着墙，看着徐维雅，然后对监考老师说：“让她进去考试吧，这样的好学生怎么会作弊呢?”徐维雅听姚远方说这话不亚于晴天霹雳，更奇怪的是监考老师若有所思地点了点头。徐维雅不知道姚远方会不会被取消参赛资格，在走进考场的一刻她转过身，看见姚远方挺拔地站立，微微笑着，唇角飞扬，目光是温柔的。徐维雅忽然因为这样的挺拔和微笑而感到释然，她猜想那亮若星辰的目光算不算道歉？窗外合欢树的叶子已经落了厚厚一层，褐色的树干很安静，没有谁能告诉她这个答案。

后来考入大学的徐维雅参加过很多场辩论会，她遇见很多能言善辩、出口成章的男生，但是唇红齿白之间再没有一个人说出那样令她刻骨铭心的话。她清楚地记得，捡到的那张卷子上，古诗默写是：同学少年多不贱，五陵衣马自轻肥。

姚远方的答案是对的，杜甫诗人的这句诗像是预言，也是对的。捡到那张卷子并把答案熟记于心的人回考场答完了整张卷子，勇于站出来的少年承担了后果。和成绩优异的徐维雅相比，姚远方拥有的实在不多，可是他让出来了。

每一年六月的北方，合欢花如粉色云锦，团团茸茸开了一树又一树。徐维雅的大学像高中一样有满校园的合欢树，在毕业季开得红红火火。站在合欢树下抬头看高远的天空，那些年我们一起追过的女孩，那些年喜欢过我们的男孩，在回忆的滚滚红尘里，都渐行渐远。

徐维雅自小趴桌子写字而弓起的肩膀，后来即使在她多年昂首挺胸的努力之下也没有太大变化。升入大学后，她索性放空了自己，不再刻意纠正，这让原本平凡无奇的她显得更普通。在大学宽广的舞台上，仅仅拥有骄人的成绩已经不再传奇。徐维雅像太多长大的女孩子一样，说话温婉，举止礼貌，平易近人，这让她与很多人相处融洽。就像当年转学过来的新生，轻易地被提起，轻易地被遗忘，当年骄傲得像钻石一样发光的女生终于暗淡，像沉香一样独自散发若有若无的幽香。

二〇一一年年末，同学聚会。很多年后一起走过青春的人重新聚在一起，说读研、工作或者结婚，每个人都有自己的顺风顺水，都有妻子，会生一个胖儿子，慢慢有了白胡子。

徐维雅在推杯换盏间安静地听每个人的这些年和将来的那些年，隔着热气腾腾的火锅，看见姚远方，熟练地行酒令，豪爽地喝酒，稳重幽默不失风度。那个当年她认为不会有出息的痞痞的坏男生，事业很成功，家庭很幸福，徐维雅为他默默祝福。

很多年后徐维雅想自己依然会记得，在结婚前夕翻高三那年的同学录，很多面孔浮浮沉沉在回忆里慢慢定格。她曾经一度用骄傲伪装了坚强，其实敏感的青春，最好的放下就是不在乎。那个洞悉她而没有点破的少年，虽然叛逆，太过张扬，但是教会她，外刚内柔的人最容易受伤。他并不好看的字迹在泛黄的同学录上清晰可见：亲爱的卡西莫多姑娘。

那是美好而骄傲的青春里，最厚重的礼物。（桥边红药）

我们就这样散落在天涯

曾经她觉得他是那么独特的一个少年，
也许只因为在无数个那样的少年中，
她唯独碰上了他这一个，
只因为在她最需要关怀与认同的时候碰上了这一个。

在马莉的记忆中，十五岁那年的雨季特别长，整个夏天都泡在水里似的。记忆湿答答的，像阴天挂在阳台上永远干不了的衣服，藏着一种隐秘的忧愁。

那年夏天，马莉问一个叫吉永的男孩：“你最喜欢什么天气？”

他毫不犹豫地回答：“当然是雨天啊，我最喜欢淋雨了！”

果然是怪胎，但是她喜欢。

后来再遇到下雨的时候，她的心情似乎也不那么坏了。因为想到，这是“那个人”喜欢的天气啊，以至于有一次放学的时候竟还淋着雨回家。

妈妈看见马莉浑身滴水地走进家门，吓了一跳，以为她在水坑里摔了。

马莉说不是，妈妈诘问她：“怎么湿成这副鬼样子？我不是给你伞了吗？”马莉不知道怎么解释，就说雨伞坏了。“好好的怎么又坏了，算了，快去洗澡吧……”

第二天她真的感冒了，坐在教室里一边翻书一边打喷嚏，左邻右舍都戒备三分。

课间的时候，吉永拿了感冒药，还倒了热水给马莉。他一边递给她药，一边笑她：“我说淋雨是指下毛毛雨的时候，昨天那么大的雨你淋个鬼啊，不感冒才怪呢。”

马莉这才觉得自己明明带了伞却故意不用，还淋着雨回家，在别人看来一定就是个二百五，可还是傻乎乎地对他笑起来。

这些大概是十年前的事了。

十年后在同学聚会上，马莉对吉永说：“知道吗，这么多年来，其实我还是最讨厌雨天。每次下雨就要倒霉。”

吉永笑笑说：“是吗？怪不得那一次我们跑不成。”

马莉的脸红了一下。他们曾经一起相约“私奔”过。

因为贪睡，马莉总是迟到。上课铃响过好一会儿了，她才匆匆忙忙地出现在教室走廊上。走廊的另一头，吉永慢吞吞地走过来，半醒半梦的样子，笑着向她打了声招呼：“这么巧啊！”一看到吉永那副老油条无所谓的样子，马莉就觉得自己得到了拯救，连焦躁的心也平静踏实了不少，不知怎的有一种“有个人陪我一起死也不错”的感慨。

迟到的同学的名字要被一起写在黑板右上角的框框里通报，放学后还要罚值日。有一天，来了一位新老师，不明就里地看着那里问：“这两个名字是怎么回事？”

班长说：“那是迟到的人，迟到的人要罚值日。”

新老师呵呵笑了两下，大概是为了缓和自己初来乍到的尴尬气氛，所以故作幽默地说：“写在一起，好像结婚证书什么的哦！”

于是全班都哄笑起来，窗外电闪雷鸣。

那一年马莉看了一些爱情小说，包括张爱玲的。顾曼桢和沈世钧热恋，在给他的信里写道：我只是想让你知道，有一个人总是在那里等着你的。

后来她终于在爱情故事的浸润中“领悟”到，爱情是唯一可以拯救自己的东西。而她所理解的爱情，就是吉永。

只有吉永不介意跟她一起迟到、罚值日，不介意她的胖，不介意她的成绩烂，总是一副笑呵呵的样子。她因此总觉得吉永是一个独一无二的少年。终于有一天，迟到次数过多的吉永被当众通报批评。马莉觉得自己抓到了机会。她对吉永说："嘿，我们一起走吧，离开这个不属于我们的地方。"

吉永想了想，说："那也不错。"

于是，放学后两人偷偷去火车站买了票，怀着一种即将解放的激动心情。那天，他还撑伞送她回家。

在快要到家的路口分别，吉永心情很好地说："明天见！"然后马莉突然转过去，出其不意地在他脸上啄了一口。他脸上热辣辣的，红着脸一句话也说不出来。而在马莉眼里，那恰好是爱情的体现。她甚至觉得自己就是个幸福的女人。

马莉陶醉在这种幸福的秘密中，第二天飘飘然地去了火车站。足足等了一个钟头，吉永才出现。天阴沉沉的，他站在火车站广场的另一边向她招手。马莉正准备跑过去，身后忽然传来妈妈尖锐的叫声："死丫头，你跑到火车站来干什么？"马莉没有回头，撒腿就跑。可是突然就下起大雨来，情急之下，她脚底一滑，重重摔了一跤。远处站着的吉永，一看见马莉的妈妈追上马莉，转身就走了。马莉淋着雨，坐在脏兮兮的地上号啕大哭起来。

回到家后就炸开了。妈妈一边哭一边骂："死丫头你疯了吗？居然想跟同学离家出走……"

从那以后，妈妈对马莉就变得小心翼翼了。在小区楼下跟邻居大妈聊天的时候感慨着："青春期的孩子啊……"她成了一个和蔼可亲的妈妈。

至于吉永，从那以后马莉再也不理他了，见面了也视若无睹。但是那次"私奔"却在校园里疯传，成为名噪一时的段子，再后来成为学校领导教育学生不要早恋的例子。

马莉在同学们不厌其烦的揶揄中难堪地忍辱偷生，只好拼命学习，后来总算是毕业了。毕业后，吉永有次打电话问她："你还在生气吗?"她问他："那天你怎么就走了?"吉永说："因为我妈发现了火车票，不让我走，我是特地去通知你的，想叫你也别走了。后来你妈妈追上你，我就没有过去啊。"

马莉气冲冲地挂掉电话。她还以为"有那么一个人总会等着自己"呢，原来是来通知她回去的！

十年后，马莉去参加中学同学聚会。吉永一见到她就说：“你瘦了，变漂亮了！”但是，他脸上一点惊讶或可惜的表情都没有。他带了未婚妻过去，介绍给马莉，然后跟马莉说：“我们见过家长，硕士毕业就结婚。”他们聊了一会儿，吉永滔滔不绝地讲，马莉后来便没怎么听，正好有人过来劝酒，就各自散去了。

同学会结束，马莉想跟吉永道个别，可是找来找去都找不到。有同学说：“吉永早就和他女朋友走了啊！”

怎么连个招呼也不打？

马莉自嘲地笑了一下。尽管十年之后她自己回想起那场“私奔”都觉得当年实在太幼稚，太莫名其妙，但十年后吉永的“不等待”仍旧让她伤感了一下。

但这伤感只有片刻。

曾经她觉得他是那么独特的一个少年，也许只因为在无数个那样的少年中，她唯独碰上了他这一个，只因为在她最需要关怀与认同的时候碰上了这一个。而年少时所有的烦恼、委屈——包括对所谓“爱情”的执着，原来都是那么微不足道的事。

那时的他们根本就不懂得爱。马莉只是想逃离那个让她难受的环境，而吉永不过是出于少年的热血。他们不约而同地把这些寄托在了“爱情”这件事上。

等后来明白爱情的时候，他们早就各奔前程了。

只不过，青春苦闷漫长如一场潮湿绵延的雨，如果没有遇到他，她的年少时光也许会苍白许多吧。（柳焕杰）

岁 月 无 措 流 光 浅

我想每个人，都曾有过自己的青梅和竹马。
在尚不懂爱和喜欢的年纪，
有愿意把一切美好都献给他或她的心情。
然后分开，然后成长。
原来随时光流逝的并不是岁月，而是我们。

十年后，再次看到他，我站在拐弯处愣了好久。天空是日暮时分的暗色的灰，而时光是一张交错的网，某时，某地，某人，不过是兜兜转转间的宿命。

诗中写“郎骑竹马来，绕床弄青梅”。我和他之间，若认真计较起来，怕也担得上“青梅竹马”四字。

那时候，我们住在一个大院子里，幼年时就能一起办家家酒。他身体不太好，后遗症便是他依旧寡言。四五岁时候是瘦瘦小小模样，到了七八岁时除了个头高些，也并没有强壮多少。

但他能牵着我的手带我回家。纵然隔了十年，有些过往却仍然有模糊影像。

院子里很多同龄的女孩子，大家都在一个班，便约好下课后一起回家。他作为唯一的男生，却往往腼腆到走在队尾。我也不爱多说话，所以多半也还是和他一起。

从学校到家要路过幼儿园、居民区、招待所、医院。路还是沥青的，夏季炎热时会滋啦啦冒出油来，穿廉价的凉鞋踩在上面，会有粘黏之感。路边一直都有野花野草的，狗尾巴草扯下来也能够绕着手指把玩很久。幼年时对一切都充满乐趣，看到漂亮的石头也会蹲下来研究。所以往往只要十分钟的路程我们都会走上半个小时，一路洒下欢声笑语。

他不像其他男生那样闹腾，能够和我一起，对着天空或者花朵露出微笑，安然到有些过分。

每天清晨只有我去叫他，冬天时候，穿过厚厚的浓雾，走过那棵高大的白杨，走上那个微斜的坡，去敲他家的门。那时他多半还在整理书包，他妈妈会给他塞上牛奶。出了门，他却把整整一盒牛奶全部递给我。我本来是不喜欢喝的，可他执意说自己很厌恶这味道，只不过是迫不得已。我便只好很讲义气地收下。

我们两个人赶路的时候会走得很快，因为免去了太多的烦琐打闹，只会讲些闲话：昨天的作业，上节语文课要背的书，隔壁家奶黄色的猫生了只小的，昨晚某某家的狗吠得特别大声。

有一次我们走在路上的，看到路旁草丛里有动静，凑上去一瞧，居然是只小小的刺猬，似乎是受了伤，蜷缩成一团。他隔着厚厚的手套捧起来，揣在兜里带去学校。

熬到第一节下课后我去找他，我用手碰一碰桌洞里的小刺猬，又惊吓又觉得有趣。没有人愿意和他玩，这时自然也不会有人来凑热闹。我看着那团成一团的刺猬，和他在一旁静静注视的样子，觉得我是他唯一的最好的朋友。

当然，他也有过踢石子把邻居的窗户砸破的时候，拉起我便逃，还叮嘱说一定不能告诉大人，虽然最后还是被揪着去认错。也有一次，在大家都不在，只有我和他一起回家的时候，他拉着我到医院后的小河旁捉蝌蚪摸虾，弄了一身水却什么也没捞到，回去和家长说是留在学校做值日了，但衣服上的水渍无法遮掩。还有过在下雨天，套着大大的胶鞋在水洼里踩得水花四溅，弄得我浑身都是泥水。

他所有的带点儿小恶意的玩笑，都会对着我。

“为什么呀？”有一次我问他。

他把用自己的零花钱买来的糖果塞到我手里，昂着头向前走：“因为你是我的好朋友。”

语文课本上的《小橘灯》让我们羡慕了很久，他告诉我说做法很简单，我不信，于是在那年冬季的第一个雪天，他用衣服兜着几个橘子来我家，样子傻傻的。

我跟他说家里有橘子，他也只嘿嘿地笑。他轻轻揉搓几下橘子，用刀子削开顶上薄薄的一层皮，但掏空橘子时他却没有什么经验，弄破一个又一个，一大堆橘子剥完了之后，没有一个成型。

在我的大笑声中他微微红了脸，别过头去看窗外白茫茫的一片：“我们去堆雪人吧。”

那年雪也并不大，只够把房顶盖上。常绿的树木诸如桂花，经过一整夜的寒冻，叶子上结了一层清亮的冰。雪人自然堆不成，他小心翼翼地从树叶上敲下有着脉络形状的透明冰块，放在我的手心里。冰块带着七彩的散光，剔透而美丽。

十年前，他搬家了，走的前一天来找我，似乎要把生命中剩下的话讲完。他从前借我的书也拿了来，掉了一本冰心的《繁星·春水》，还有以前攒的方便面里的拼图，有一套《水浒传》，我觊觎了很久，他一直不肯，也终于给了我；还有我曾经夸过的模型。

我笑说不用，他说也许以后见不到了。

我看着他的笑容，突然难过起来。那时候还不懂得离愁别绪，但满心堵得沉闷不堪。

十年后，他搬去的小镇在我心目中是一个有着美丽名字的温婉的地方。也许他每天要骑着车穿过条条窄巷，在一片清新空气里微笑。

我想每个人，都曾有过自己的青梅和竹马。在尚不懂爱和喜欢的年纪，有愿意把一切美好都献给他或她的心情。

然后分开，然后成长。

原来随时光流逝的并不是岁月，而是我们。（柒玖）

那些年，我们错过的男孩

在很久以后，我们也许不会再回忆起轰轰烈烈地爱过谁，
也不会再想起痛彻心扉地为谁哭泣过，
却会永远记得，
那个错过的男孩，站在校门口略显单薄的身影。

最近，九把刀的小说和电影火得一塌糊涂，我始终没有去看，却在心底默默地想，也许所有的女孩们也都在轻轻地问，那些曾经追过我们的男孩，他们如今还好吗？

他可能出现在你还憧憬偶像剧的年纪，例如初中二年级。他离想象中的白马王子有些差距，也许个子不太高，也许皮肤不够白，也许唱歌不动听，也许打球不算帅。但是，却在谁都羞于说爱的时候，默默地用自己的方式守护你，哪怕知道你永远不会牵起他的手。

他可能比你大一两岁，会在放学时站在校门口张望，旁边停着单车，肥肥大大的校服裤子下面是脏脏的球鞋。你会感到些许窘迫，周

围还有朋友善意的调笑消遣，于是你半低着头磨磨蹭蹭走过去然后一起回家，尽管他跟你明明是不同方向。

一路上并没有太多交谈，多数时候只是默默骑着单车。他偶尔讲个冷笑话，之后自己尴尬地笑笑。你抿着嘴，转过头看夕阳下他涨红的脸，觉得刚才的笑话其实蛮好笑。你不知道，你突然的笑颜在他眼里是多美的风景。

后来，你记不得他的容貌，却单单记得当初那个冷笑话和那抹夕阳。

也曾有那么一天，中午突然下起了雨。你没带伞，正在担心，却发现楼下的他举着一把大大的伞抬头看着你。可是，你却不知怎么被莫名的情绪占据，执拗地不肯走进那把伞底。他愣了一下，接着随手把伞塞给身边的人，匆忙跟着你跑进雨里。雨水很冷，风很轻。

后来，在下雨天你还会想起，曾经有个人同你共过风雨。

当然，他也会做些自以为浪漫却使你困扰的事情。比如校运会的时候，你突然听到广播里有人喊你的名字，希望你为他加油。你在熙攘的人群里又羞又恼，只好匆匆忙忙落荒而逃。第二天，你听说曾经的长跑冠军在那天铩羽而归。你才发现，你的鼓励对他是那么重要。

后来，你想，如果重来一次，你一定会勇敢地站在跑道边对奔跑着的他喊一句：加油！

不知不觉一年过去，你慢慢发现同隔壁班的某个男孩有好多共同话题。是不是喜欢，你不确定，也不在意，只是欣喜。但是他再次霸道地出现，偏要定义你和男孩之间模糊不明的友情。你恼怒，你指责，你觉得委屈。你忘记对他说了什么，只是后来明明经常"偶遇"的他仿佛消失在你的世界里。又一年之后的某天，你送完作业从老师的办公室出来，在校园里遇到了他。那时，他已经升入重点高中。他叫住你，只说了一句话就匆匆离开。

后来，听过好多甜言蜜语，你依旧觉得，当初的那句话最动听，他说："我等你。"

可是，你终究没有去他所在的高中。你会偶尔想起他，想起曾经有个人执拗地保护你。你也会怪自己当初口不择言伤害了他，更钦佩他那时的勇气和执着，在你有了男友，渐渐开始懂爱的年纪。你以为一切云淡风轻了的时候，初中时的女同学找到你，递给你一张字条。那个同学给你讲述着他是怎么兜兜转转找到她，如何郑重地拜托她转递这张薄薄的纸，于是那个下午突然变得温暖起来。他在纸上留了电话号码，你发短信问候他，他回道：知道你有了男友，不然我会继续追你。记得好好照顾自己，不是每个男人都单纯善良。

后来，在爱情里哭过痛过你才终于明白，原来当初他早就教过你这个道理——一个男人如果真的在乎你，翻遍全世界都会找到你。你也终于读懂他的话，不是每个男人都单纯善良，只有爱你，才会善待你。

后来的后来，你们隔了好久又有了联络，会在QQ上闲聊，他依旧关心你的近况，你也温润地回应。彼此都有了幸福的归属，他成了别人的骑士，你变作他人的公主。谁都不再提起当初的事情，像是有着某种默契，那些过往是时光罅隙里闪着光的水晶。

那年夏天，你穿着得体的裙装，画着精致的妆容，随着商场的扶梯缓缓下落，你看到入口处，他携女友满面笑容地走进来。他还是当年的模样，依旧不够高大，不够帅气，却有了一个男人的成熟气魄。你从他身边走过的时候，他没有认出你。你微微笑了，这样的擦肩而过证明你已从不起眼的毛毛虫蜕变成蝴蝶，也证明他终于离开原地走向了更温暖的去处。你对着他的背影，轻轻地说了一句："谢谢。"

谢谢你陪我经历过的每一场风雨。

谢谢你单车的印迹留在我曲曲折折的青春里。

谢谢你在我不美丽的年纪给了我无与伦比的回忆。

谢谢你的执着和勇敢教会我在追逐爱的旅途上永不轻言放弃。

每个女孩的生命里都曾经有这样一个男孩。他不是男友，不是蓝颜知己，比朋友多一些回忆，比爱情少一些心跳。但是，在很久以后，我们也许不会再回忆起轰轰烈烈地爱过谁，也不会再想起痛彻心扉地为谁哭泣过，却会永远记得，那个错过的男孩，站在校门口略显单薄的身影。

我们这一生会有无数次错过，有的令人惋惜，有的让人心痛，有的使人庆幸，唯独这一次错过，想起来没有遗憾，只有暖暖的感动和满满的欣喜。那么，就隔着重重岁月，对着当初站在校门口的他，用力地喊一句："我很幸福，愿你安好！"

然后，我们也可以笑着挽起身边人的胳膊，向着更幸福的地方，慢慢走去。（蓠疏落落）

图书在版编目（CIP）数据

我不说再见，你别说永远 / 万诗语主编. — 北京：现代出版社，2015.7（2019.1 重印）
ISBN 978-7-5143-3318-3

Ⅰ. ①我…　Ⅱ. ①万…　Ⅲ. ①散文集-中国-当代　Ⅳ. ①I267

中国版本图书馆 CIP 数据核字（2015）第 049094 号

我不说再见，你别说永远

编　　著　万诗语
责任编辑　赵海燕
出版发行　现代出版社
通讯地址　北京市安定门外安华里 504 号
邮政编码　100011
电　　话　010-64267325　64245264（传真）
网　　址　www.1980xd.com
电子邮箱　xiandai@vip.sina.com
印　　刷　辽宁星海彩色印刷有限公司
开　　本　880×1230　1/32
印　　张　8.5
版　　次　2015 年 7 月第 1 版　2019 年 1 月第 2 次印刷
书　　号　ISBN 978-7-5143-3318-3
定　　价　39.80 元

版权声明

我社编辑出版的《我不说再见，你别说永远》，由于无法与部分权利人取得联系，为了尊重作者权益，我方委托北京版权代理有限责任公司向权利人转付稿酬。本书的作者请与北京版权代理有限责任公司联系并领取稿酬。

联系方式如下：

北京版权代理有限责任公司

北京市海淀区知春路 23 号量子银座 1403 房间

邮编：100083

联系人：张艳

电话：133 1133 9559

QQ：603454598

邮箱：603454598@qq.com

现代出版社有限公司